時代小説

蓬《ほう》萊《らい》橋にて

諸田玲子

祥伝社文庫

目次

反逆児

一

流れてきた尺八《しゃくはち》の音に、おゆきは夕餉の支度を中断した。

「へえ。今行くで、お待ちくだせえ」

一合升《ます》に米をすくって店へ出る。

夕日を背に虚無僧《こむそう》が立っていた。

ここは東海道由比宿《ゆいしゅく》。山と海に挟まれた宿場だ。本陣はあるものの旅籠《はたご》の数は少なく、人馬の常備もままならない。大名行列や大荷物の運搬があるたびに、両隣の蒲原《かんばら》宿や興津《おきつ》宿から助《すけ》っ人《と》を借り出すほどの小さな宿である。

おゆきの家は街道筋の、本陣の真ん前にあった。仮の宿《やど》を求めたり、米や水を無心したりする旅人は珍しくない。虚無僧姿も見慣れている。

男は小柄で痩《や》せていた。

「南無阿弥陀仏《なむあみだぶつ》」

おゆきは口のなかでつぶやいて、餉箱《げばこ》に米を入れてやろうと身をかがめた。なにげなく男の顔を見上げる。あっと声を漏らし、危《あや》うく升を取り落としそうになった。

「弥《や》っつぁん……」

忘れるはずがなかった。

えらの張った顔も、白粉《おしろい》を塗りつけたように見える肌も、紅《あか》く分厚い唇《くちびる》も、三十年近く前にはじめて出会ったあのときと寸分変わっていない。ことにその目——大きく黒く炯々《けいけい》として、なにかを追い求めてやまないようなまなざしは、少年の頃のままだった。

変わったのは、天蓋《てんがい》からあふれ、肩まで扇のように広がる漆黒《しっこく》の髪。墨染《すみぞ》めの小袖《こそで》を着て平帯《ひらおび》をしめ、餉箱を提《さ》げたいでたち。

慎重にあたりを見まわした上で、男は天蓋を脱いだ。昔は奴髷《やっこまげ》に結《ゆ》っていた髪が今は見事な総髪《そうはつ》となって、異形《いぎょう》の顔を縁《ふち》取っている。

「そなた、変わらぬの」

男は唇をほころばせた。

「いやだよ。もう婆さんだ」

おゆきは恥じらうように身をくねらせた。

四十五になる。婆さんではないが大年増《おおどしま》だ。小ぶりの島田《しまだ》に結った髪には白いものが混じっている。笑えば目尻にしわも出る。十四、五の小娘だったあの頃のはずむような若さはない。

変わらないのは弥っつぁんだ。

年齢を感じさせない人がいる。弥っつぁん——弥兵衛《やへえ》もその一人だった。よく見ればばたしかに歳《とし》はとっている。が、しわやしみに目がゆく前に、全身から発散する生気に圧倒される。深遠なまなざしに目をうばわれ、気がつくと歳のことなど忘れている。

弥兵衛は、あの頃もそんじょそこらの子供たちとはちがっていた。おゆきはそこに惹《ひ》かれた。そのくせ、それが怖くもあった。

熱いものがこみ上げ、おゆきの胸はいっぱいになった。呆然と突っ立っていると、弥兵衛は顎《あご》を突き出し、店の奥を指し示した。

「おっ母と息子夫婦と、それに亭主。息子と亭主は出かけてるけど……」

おゆきがこたえると、弥兵衛はうなずいた。

「父つぁんは?」

「死んだ。七年になる」

「息子、いくつだ」

「二十四」

おゆきの子は四人。長男の庄太《しょうた》は一昨年女房をもらい、家業を手伝っている。あとの三人は女で、それぞれ近隣の村へ片づいていた。

「弥っつぁんは……」

「江戸だ」

「あれからずっと?」

「たまには実家へ顔を出す」

弥兵衛の実家は駿府《すんぷ》にある。城下の宮《みや》ケ崎《さき》町で紺屋《こんや》を営《いとな》んでいた。おゆきの家も紺屋で両家は親戚筋にあたる。

実家へ顔を出していたなら、これまでなぜ一度も寄ってくれなかったのか。

喉元まで出かかった言葉を、おゆきは呑み込んだ。

寄れる道理がない。婿《むこ》養子になる約束で家へ入っておきながら、江戸へ行きたいと逃げ出した男である。編笠《あみがさ》を目深くかぶり、小柄な体をちぢめて早足で家の前を通りすぎる弥兵衛の姿が見えたような気がした。

「だったら、この前を通ったこともあるんだね」

さりげなく言ったつもりが、少しばかり非難めいた口調になっている。

「何度も通った」

弥兵衛は悪びれずにこたえた。その声には、昔馴染《なじ》みの、開き直りともとれる響きがあった。

「物陰から見ていた」と、弥兵衛はつづけた。「水をまいてるところや、やや子をあやしてるところや、藍甕《あいがめ》をかきまわしてるところや、砧《きぬた》を打ってるところや……」

その目にわずかな狼狽《ろうばい》がよぎった、と思うや、視線を逸《そ》らせる。

「声くらい、かけてくれてもよかったのに」

見られていたと思うと気恥ずかしい。照れくささをごまかすため、おゆきは小娘のように唇をとがらせた。

「かけられるものか。不義理をしたのだ」

弥兵衛は吐息をついた。

不義理？　おゆきは胸の内で問い返した。いや。不義理などという言葉はよそよそしすぎて、二人の仲には似合わない。わずか二年にも満たなかったが、二人はひとつ家《や》で、心うちとけて過ごした。互いに憎からず思っていたのだ。

弥兵衛がおゆきの家にやって来たのは、弥兵衛十五、おゆきが十四のときである。

おゆきははじめ、目玉がぎょろりと大きく、唇の分厚い若者が好きになれなかった。小柄なくせに、なんとなく尊大な感じがするのも気に食わなかった。縁者かなにか知らないが、こんな若者を連れて来て、三年たったら婿に迎えると勝手に決めてしまった両親がうらめしかった。

だが弥兵衛は、両親が見込んだだけあり、はしっこく、働き者で、その上頭がよかった。駿府では近所に住む老学者を師と仰《あお》ぎ、勉学に励《はげ》んでいたという。近くの臨済寺《りんざいじ》へも参禅に通っていたらしい。

腕っぷしも強かった。同じ町内に住む浪人者から武芸の手ほどきを受けていた。もっとも、学問も武芸も、宿場の紺屋の跡取りには無用の長物だったが。

良きにつけ悪《あ》しきにつけ、弥兵衛は、おゆきのまわりにはいない類《たぐい》の人間だった。嫌だと言いながらも目を放せなかったのは、そのせいである。

弥兵衛は屈託がなかった。気さくにおゆきに話しかけた。が、その目はいつも、おゆきを素通りして、どこか遠くの、目に見えないものを見ていた。

「我、楠公《なんこう》の継者なり」

弥兵衛が真顔でつぶやくのを、おゆきは何度か耳にしている。

あれはいつだったか。

「楠公って？」

おゆきが訊《たず》ねると、

「楠木正成《くすのきまさしげ》公のことだ」

弥兵衛は例の傲岸《ごうがん》にも聞こえる口調でこたえた。おゆきのけげんな顔を見て頬《ほお》をゆるめる。

「おいらに学問を教えてくれた先生が、いつも口にしてたのさ。その先生から、おいらも楠公の秘伝を授《さず》かったんだ」

紺屋とは縁もゆかりもないが……と言って、弥兵衛は肩をすくめた。

それ以上、おゆきは訊ねなかった。どうせわかるはずがない。弥兵衛の笑顔に胸を衝《つ》かれたせいもあった。

なんで弥っつぁん、こんなふうに笑うんだろう――。

陰気ではないのに、笑顔が暗い。笑えば笑うほど、眸《ひとみ》の奥に底知れない闇が広がってゆく。おゆきが弥兵衛にほのかな恋情を感じはじめたのは、謎めいた笑顔のせいかもしれない。

あれから三十年近い歳月が経《た》った。弥兵衛は再びおゆきの前に立っていた。あの頃と同じ、暗寥《あんりよう》とした笑みを浮かべて。

「おかしな人だね。不義理をして顔が合わせられないんなら、なんで今日に限って、声をかけたりしたんだい」

胸は昂《たかぶ》っていたが、少しずつ落ちつきが戻ってきている。わざとつっかかるような口調で言うと、

「今のうちに、詫《わ》びておこうと思うたのだ」

弥兵衛はふっと真顔になった。

「今のうちにって？」

「いや……。一度、ゆっくり顔が見たかった。それだけだ」

はぐらかされて、おゆきは眉根《まゆね》を寄せた。

詫びるとは、どっちのことを言うのか。許嫁《いいなずけ》を置き去りにして江戸へ行ってしまったことか、それともあのめくるめくひととき――家出すると決めていながらおゆきと契《ちぎ》った夜

のことか。

あれは、今と同じ蒸し暑い季節だった。両親の目を盗んで、二人は蔵の片隅でぎこちなく肌を合わせた。あのときのことを思うと、体の芯《しん》が燃え立ち、顔が火照《ほて》る。あれから三十年。数えきれないほど夫と体を重ねているのに、たった一度のあのことが、おゆきのなかでは特別な、冒しがたい思い出となっていた。

おゆきの感傷をよそに、弥兵衛は一歩足を踏み出し、首を伸ばして土間を覗《のぞ》き込んでいる。

土間には、おゆきの腰の高さほどもある藍甕が並んでいた。甕には竹竿が掛け渡してある。布をつるして染めるためだ。入口の脇の四角い石は砧を打つためのものだった。染め上がった布を広げて槌《つち》で打ち、布を柔らかくする。

「店のなかも、昔のままだ」

酸味を帯びた藍の匂いを嗅《か》ぎながら、弥兵衛は感慨深げにつぶやいた。

江戸へ出奔しなければ、弥兵衛は今頃ここにいて、おゆきと共に藍の染加減に心を配っていたはずだ。布の買い付けに近江《おうみ》や伊勢《いせ》まで足を伸ばし、染め上がった布を売りに府中《ちゅう》や江戸を行き来していたかもしれない。ここへ棄《す》てて行ったものと、そのあとに拾ったもの――弥兵衛のなかでは、どちらが大きな場所を占めているのか。

問うまでもないと、おゆきは吐息をついた。それを言うなら、おゆき自身もそうだった。

——去《い》んでくれてよかったよ。

——そうとも。あいつは紺屋にゃあ向かねえ。

悔《くや》し紛《まぎ》れか負け惜しみか、弥兵衛が出奔すると、おゆきの両親は悪口を並べたてた。

その通りだ、と、おゆきも思った。弥兵衛に由比宿は狭すぎる。

若い娘が立ち直るのは早かった。おゆきは弥兵衛を心の外へ追いやった。それから今日まで、ほとんど思い出すことさえなかったのである。

「その恰好《かっこう》は？」

おゆきはさばさばとした口調で訊ねた。

尺八の音にあわてて飛び出しはしたものの、尺八は下手《へた》だし、天蓋からはみだした総髪も異様だ。今こうして眺めても、本物の虚無僧には見えない。

案《あん》の定《じょう》、弥兵衛は、

「仮の姿だ」

と、こたえた。

「江戸ではなにを……」

江戸には、おゆきにとっても弥兵衛にとっても縁戚にあたる弥次郎《やじろう》という男がいた。弥次郎は鶴屋《つるや》という屋号の紺屋を営んでおり、弥兵衛がこの男の家に転がり込んだことは、風の便りに聞いていた。だが数年後、弥兵衛は紺屋を辞《や》めた。それから先の消息を、おゆきは知らない。

弥兵衛は一瞬ためらったのち、

「塾を、開いている」とこたえた。「塾では張孔堂《ちょうこうどう》と呼ばれておっての」と、地べたにしゃがみ込んで、小石で号を書いて見せる。

「今では何千もの弟子を抱える身だ」

おゆきはうなずいた。

弥兵衛が学問を教えているというのは、いかにもありそうなことだった。少年時代から人一倍、学問好きな少年だったのである。傲岸な態度が鼻につくことはあったが、心根《こころね》はやさしく、語り口は人を逸らさない。仕事の合間に、宿内の子供たちを集め、読み書きを教えてやる姿を、おゆきはしばしば目にしていた。

だが「何千もの弟子」については、大言壮語だろうと思った。寺子屋で教えているのを、大げさに言ったにちがいない。そういえば、弥兵衛には昔から虚言癖があった。そんなことも、今思えばなつかしい。

おゆきが微苦笑《びくしょう》を漏らしたとき、家の奥からやや子の泣き声が聞こえてきた。

問いかけるように、弥兵衛は首をかしげる。

「孫だよ」

おゆきはこたえた。

孫、という言葉が、二人に歳月の重みを思い出させた。今となっては取り返しのつかない歳月の……。

重苦しい沈黙が流れた。二人はそれぞれの思いに沈み込んだ。

お子はいるのですか。ご妻女はどんなお人ですか。江戸ではどのような暮らしをしているのですか。今回は何用でいらしたのですか。なぜそんな恰好をしているのですか。

訊きたいことは山ほどあった。が、おゆきは訊かなかった。弥兵衛は、そうした問いをはねつける鎧《よろい》のようなものをまとっている。

昔からそうだった。なぜ江戸へ行きたいのか。行ってなにをしたいのか。紺屋の伜《せがれ》が紺屋になることの、いったいどこが不服なのか。おゆきは何度も問い詰めた。だがいつも、

「志《こころざし》さ」

弥兵衛はあっさり身を躱《かわ》した。

たったひと言、つぶやいただけで――。

喉元まで出かかった問いを呑み込み、おゆきは代わりにひとつだけ訊いてみた。

「これからどこへ行くんですか」

むろん、宮ケ崎町の実家だろうと思ったが、弥兵衛は黙《もく》したまま藍甕を見つめている。

染物の染まり具合を測《はか》る紺屋のまなざしだった。

弥兵衛は己の染まり具合を測っているのではないか。おゆきはふっと思った。生地の色がわずかでも残ってはしまいか。染め残しの有無をたしかめようとしているのではあるまいか。

いつまでたっても答が返ってこないので、おゆきは今一度訊ねた。

「宮ヶ崎の家へ行くんですか」

弥兵衛はおゆきに目を向けた。

「いや。梅屋《うめや》町だ。ゆえあって、今宵《こよい》は旅籠に泊まる」

実家へは帰れぬ訳《わけ》があるらしい。旅籠へ泊まることにも逡巡があるのか、弥兵衛にしてはいやに歯切れが悪い言い方だった。

「家があるのに」

「……ああ」

弥兵衛の双眸に、一瞬、危《あや》うげな色がよぎった。それは、蔵のなかでおゆきを抱きすくめたときの目の色を思い出させた。江戸へ行くことと、おゆきを抱くこと。あのときの弥兵衛は、二つの欲望にゆれ、切羽詰まっていた。

それなら、今のこの目の色はなにを思い迷っているのか。

ふいに、止《や》むに止まれぬ思いがこみ上げた。

「なんなら今宵はここへ」

弥兵衛の前に立ちふさがった。

別れたら、二度と逢えないような気がする。そう思ったとたんに胸がしめつけられて、考えるより先に口をついて出てしまった。

あたしは人妻。弥っつぁんははるか昔、別れた男だ。そんなことが出来ようか――。

おゆきは自問した。

出来なくはない。夫には江戸から来た縁者だと話せばいい。今さら恋のなんのという歳ではないのだ。ひと晩、思い出を語り明かす。三十年も昔のことである。おっ母だって余計な口出しはしないはずだ。

街道沿いの店が、旅人に請《こ》われて宿を貸すのはままあることだった。

「せっかくだから」

おゆきは哀願した。

「悪いが……」

「ひと晩くらい」

「そうもいかぬのだ」

「だったら夕餉だけでも」

弥兵衛は首を横に振った。

「怨《うら》まれてはおらぬとわかった。それだけで十分だ」

おゆきは思わず、「怨んだりするもんか」と言い返していた。「そりゃあ、あんときは辛《つら》かった……。けど、弥っつぁんはこんな狭ったいとこにいる人じゃないもの。お江戸のように広い……」

「いや」と、弥兵衛はおゆきの言葉をさえぎった。「江戸は狭い。ここより狭い」

真顔で言い、虚空《こくう》を見据える。

「どこもかしこも、狭い狭い」

おどけたように言って、屈託のない笑い声を上げた。

おゆきはますます不安になった。十人のうち九人は弥兵衛の笑いを「磊落《らいらく》な笑い」と言うだろう。が、そうではない。そこには苛立《いらだ》ちがある。明るい眸の底に、昏《くら》い影がひそんでいるように。

なんと言っていいかわからなかった。当惑したように突っ立っていると、弥兵衛は唐突に笑いをひっこめた。

「あの頃はよかった」

ぽつんと言う。

「え？」

「いずれわかるときがくる」

天蓋をかぶった。

くりくりした目も、分厚い唇も、おゆきの視界から消えた。

弥兵衛は去って行こうとしている。三十年ぶりだというのに、またもや手の届かないところへ行ってしまおうとしている。

おゆきは焦燥《しょうそう》に駆《か》られた。

「梅屋にはいつまでいるんですか」

弥兵衛は聞き流した。

「なにか要《い》り用な物があったら……そうだ、府中へ行く用があるから、そのときにでもちょっと寄って……」

歩き出そうとして足を止める。天蓋を通して、鋭い視線がおゆきの眸を貫《つらぬ》いた。

「迷惑だ。女が待っている」

突き放すように言うと、踵《きびす》を返した。

おゆきは射すくめられたように棒立ちになった。

弥兵衛の姿が夕焼けのかなたへ消えてゆく。

戸口に突っ立ったまま、おゆきは、手のひらからこぼれ落ちてしまったものの重さに胸を詰まらせていた。

二

その日の夕暮れどき。

おゆきは砧を打っていた。

簡単なようだが、砧打ちにはコツがある。強すぎれば布を傷《いた》めるし、弱すぎれば艶《つや》が出ない。嫁のおときはまだそのへんのコツが呑み込めぬようだ。

おゆきも若い頃はそうだった。が、紺屋の仕事はありがたい。布の選び方も、藍の加減も、砧打ちも、経験さえ重ねれば、体が自然に覚えてくれる。

それに比べ、弥兵衛はどうだろう――。

そうしたものとはちがう、究《きわ》めても究めても形を成さないものを追い求めているような気がした。そう思わせるのは、昔ながらのまなざし、陰のある笑顔である。

なぜ弥兵衛は、今頃になってひょっこりやって来たのか。なにか訳があるのだろうか。

気になって、仕事ははかどらなかった。

手元が暗くなってきたのを汐《しお》に腰を上げた。

夕餉の支度を手伝おうと奥へ入る。やや子をおぶった嫁のおときが菜《な》を刻み、そのかたわらで、母のおうめが煮炊きをしていた。

おゆきはへっついにかがみ込み、火吹きで火を起こした。

「そういえばおっ母、宮ケ崎の弥右衛門《やえもん》さんとこは、どうしてるずらね」

なにげないふうを装って訊ねる。

宮ケ崎の紺屋は父方の親戚だった。弥兵衛の出奔以来、気まずさもあって、ほとんど行き来がなくなっている。七年前、父が死んでからは、完全に音信が途絶《とだ》えていた。

「さあ、知らねえな」

おうめのこたえはそっけなかった。

「宮ケ崎いうたら、爺つぁんの遠縁にあたるってぇ家ずら」話に乗ってきたのはおときである。「そんなら、えれえ先生になった息子がいるって聞いたっけよ。息子はお江戸でけっこうな羽振りだというがね」

「えれえ先生？」

おゆきは耳をそばだてた。

「ああ。紀州《きしゅう》の殿さまもお弟子のお一人だってぇから、てえしたもんだ」

紀州の殿さまというのは、徳川家康《とくがわいえやす》の十男、頼宣《よりのぶ》のことで、家康亡《な》き後、駿府五十万石の城主となった。元和《げんな》五年（一六一九）、ちょうど弥兵衛がおゆきの家へやって来た年に、紀伊《きい》国へ転封となっている。

それでは、弥兵衛が「何千人も弟子がいる」と言ったのは本当だったのだ――。

おゆきは目をみはった。どんぐり目《まなこ》の弥兵衛、黴《かび》臭い蔵のなかで抱き合った弥っつぁんが、それほどの大人物になっていたとは……。

「ほんとかねえ。そんなら、あたしらの耳にも入りそうなもんだがね」

おうめも首をかしげている。

「ひょっこり帰って来ちゃあ自慢話をしていくってぇが、なにやってるんだか、こっちの衆はさっぱりわからなかったんだとさ」

おときは説明した。

弥兵衛はおゆきの家の養子になるはずだった。ところが世話になった家を飛び出した。弥兵衛の勝手なふるまいに実家は腹を立てていたらしい。それでも血の繋がった我が子である。歳月を経てわだかまりは消えたものの、親類縁者の手前、いくら大成したからといって、大っぴらには吹聴《ふいちょう》出来なかったのだろう。

それにしても、と、おゆきは思案した。名を成し、世にもてはやされているなら、なぜ虚無僧などに身をやつしていたのか。あの昏いまなざし、虚《うつ》ろな笑いはいったいなんだったのか。

不吉な予感が胸を叩く。

やっぱり府中まで行ってみよう。

女がいて逢えないならそれでもいい。宿の者に様子を訊ねるだけでもよかった。

だが、女の足で府中へ行くのは口で言うほど簡単ではない。由比宿から府中までは六里余（約二四キロ）。興津、江尻《えじり》、府中と宿は三つ目だが、興津宿へ出る手前に急坂の薩埵《さった》峠がある。

一日がかりで出かけるとなれば、それなりの口実も必要だった。おときにはやや子の世話と家事がある。おうめは年寄りで目が悪いから店番は出来ない。夫と息子が得意先を飛びまわっているこの時期に、口実を見つけるのはむずかしかった。

気がかりを抱えたまま、おゆきは夕餉の支度を終えた。

夫の富士太郎《ふじたろう》が帰って来たのは、一汁二菜の膳《ぜん》も調い、風呂の支度も出来て、赤子を寝かせつけたあとだった。

「あれ、庄太は？」

一緒に出かけたはずの息子がいない。おゆきが訊ねると、

「今夜は江尻に泊まって、明日は府中へまわることになった」

と、富士太郎はこたえた。江尻宿の得意先の紹介で、府中の太物屋《ふともの》から大口の注文が取れそうだという。

府中……。

おゆきは落胆した。口実を見つけたにせよ、息子が府中にいるとき、のこのこ出かけて行くわけにはいかない。ばったり出会いでもしたら嘘がばれてしまう。

あきらめよう――。

そもそも弥兵衛に逢ってどうしようというのか。

「不吉な予感がしました」

そう言いに行くのか。言ったところで、防ぐ手だてはない。迷惑顔をされるのが関の山である。

それに、万にひとつ喜んで迎えてくれたとして、なんの話があるのだろう。膝《ひざ》を突き合わせて話すことといったら、思い出話しかない。手を握り合い、体を寄せ合ったとしても、それは思い出の残滓《ざんし》を拾い集めるだけのことだ。

弥兵衛は、もはや過去の人間だった。

心を静め、おゆきは夫を風呂に入れ、背中を流してやった。夕餉の給仕をして床につく。

その夜、富士太郎はめずらしくおゆきの体に手を伸ばしてきた。息子が嫁をとった。孫もいる。近頃では夫婦の交わりなどめったになくなっていた。

よりによって今宵に限って――。

おゆきは皮肉な成り行きにため息をついた。

夫を受け入れながら、眼裏《まなうら》で、遠い日の弥兵衛との契《ちぎ》りを思い描く。

薄暗い蔵。黴《かび》臭く蒸し蒸しする空間。ぎこちなく体をまさぐり合ったあの夜。もつれあうように倒れ込んだとき、長持の角に腰をぶつけた。その痛みさえ忘れ、無我夢中で弥兵衛の体にしがみついた。高鳴る胸。噴き出す汗。そういえば、汗でぬれそぼり、指がすべって、あのあとうまく帯《おび》が結べなかった——。

今も季節は夏。それがどうだろう。富士太郎はことが終わってもろくに汗もかかず、おゆきの隣りに仰向《あおむ》けになって静かに目を閉じている。

「そういえばおまえ……」

寝入る前に、たった今思い出したといったように話しかけてきた。

「江尻宿で妙な噂を聞いたよ」

「なんですね」

おゆきはけだるげに聞き返した。

「江戸からやって来た大悪党が、久能山《くのうざん》に陣取って、幕府に反旗を掲《かか》げようとしたんだとさ。御神君《ごしんくん》のご遺金を奪い取って、そいつを軍資金にして、上方《かみがた》と呼応し……」

「ばかばかしい」おゆきは取り合わなかった。「だれがそんな大それたことをするものですか」

胸のなかで弥兵衛の面影を追いかけている。

天井を眺めていると、夫の鼾《いびき》が聞こえてきた。

三

遠出《とおで》はどうあっても無理だった。

おゆきは翌日もその翌日も藍甕の番をした。

どうせならと店先に陣取り、往来の旅人を眺める。弥兵衛は江戸住まいだ。帰路も街道を通るはずだった。

立ち寄ってくれるかもしれない。

ぜひとも弥兵衛に、手渡したいものがあった。藍染の手拭《てぬぐ》いである。それもただの手拭いではない。いっぱいに「張孔堂先生」と染め抜いてある。この二日かけて、手《て》ずから染めたものだった。

この機を逃せば、いつまた逢えるかわからない。だからこそ手渡したい。手拭いに託して、今も昔も怨んでなどいないと知らせたい。

小柄で痩せた男を見ると、おゆきは思わず身を乗り出した。総髪を見ただけで胸を騒がせる。深編笠をかぶった男を見れば、わざわざ追いかけて顔をたしかめ、虚無僧を見かければこちらから呼び止めた。

だが、弥兵衛は通らなかった。

通らぬところを見ると、朝餉や昼餉をとっている間に見逃してしまったのか。

おゆきは不安になった。


三日目に庄太が帰って来た。

庄太はいつになく興奮していた。

「昨夜、大事件があってよ、府中は上を下への大騒ぎだ」

「大事件って？」

着替えを手伝いながら、おときが訊ねた。

おゆきは隣りの部屋でやや子をあやしている。息子夫婦の会話に、聞くともなく耳をかたむけていた。

「大捕り物さ」

「盗人かなんかかい」

「そんなちゃちなもんじゃあないよ。幕府転覆を図《はか》った大悪党だ」

庄太は得意気に言った。

そういえば、富士太郎もそんな話をしていたっけ。

ぼんやり考えながら、おゆきは人指し指でやや子の頬をつついた。やや子は笑い声をたてる。

おやまあ、この子は目が大きいねえ——。

おゆきはやや子の顔に見入った。そう思うのは今がはじめてではなかったが、やや子の目を見ていると、弥兵衛の双眸が浮かんだ。

息子夫婦はまだ府中の事件の話をしている。

「そいで、とっ捕まったのかい、大悪党は？」

おときが訊ねた。

「捕まる前に死んじまった。捕吏《ほり》が旅籠のまわりを二重三重に取り囲んだんで、こいつぁ逃げられねえと観念したんだろう。自害したのさ」

旅籠、という言葉に、おゆきは顔を上げた。

するとそのとき、

「旅籠ってどこだい」

おゆきの気持ちを読んだように、おときが訊ねた。

「梅屋町の梅屋ってぇ旅籠だ」

おゆきははじかれたように身を起こした。やや子がおどろいて泣き声を上げたが、見向きもしなかった。勢いよく襖《ふすま》を開ける。

血相を変えて飛び込んで来たおゆきを見て、庄太とおときは目をみはった。

「その大悪党だけど、なんて名だい」

「知らんよ、名前なんぞ」

「いいや。知ってるはずだ。聞いたはずだ。だれかが話していたはずだ。ねえ、思い出しとくれ。なんて名なんだい」

息子に詰め寄った。

母の剣幕《けんまく》に庄太はたじたじとする。

「し、知らんもんはしかたないだろ」

「だったらどんな男だったんだい。背格好とか顔形とか髪の結い方とか……」

「知らんってば。まるで火事場のような騒ぎだったんだ。江戸から来たってだけで、詳《くわ》しいことはだれも知らないんだ」

「江戸！」

おゆきはあえいだ。

「ああ。たしかにそう言ってたな」

うなずいておいて、庄太はちょっと考える。「そうそう」と手を打った。

「なんのことかわからんがおっ母、だれかが妙なことを言っていた」

「妙なこと？」

「『ちょうこうどう』とかなんとか……」

おゆきは蒼白になった。庄太もおときもおゆきの変化には気づかない。

「ちょうこうどう？　なんだろ」

「地名かもしれん」

「店の屋号かもしれないよ」

息子夫婦の会話はもう聞こえなかった。よろめくように部屋を出る。

梅屋。江戸。張孔堂。

まちがいない。幕府転覆を図った大悪党というのは、弥兵衛のことだったのだ！

衝撃は衝撃として、納得するものがあった。

憑《つ》かれたような目で、いつも遠くを見つめていた弥兵衛。学問好きで真面目《まじめ》で、そのくせ要領がよくて、よく動く口で大言壮語を吐いていた弥兵衛。ときには横柄にも尊大にも聞こえるが、それでも弥兵衛の言葉は人の心をとらえて放さない。磊落《らいらく》に笑い、笑えば笑うほど眸のなかの孤独を深めてゆく――。

おゆきは自室へ戻り、畳にぺたりと座り込んだ。

――そうだったのだ！

弥兵衛が、志、と言ったのは、幕府を倒し、己が手で天下を盗ることだったのだ。

「ばかだね弥っつぁん。ばかだねえ」

おゆきは拳《こぶし》で畳を叩いた。なぜか笑いがこみ上げた。声を上げて笑おうとすると、たちどころに涙になった。

死が目前に迫っていることに、弥兵衛は気づいていたのだ。だからおゆきに逢いに来た。詫びを言い、別れを告げようとしたのだ。わざわざあんななりをして――。

涙は止めどなくこぼれた。あの弥っつぁんが捕吏に追い詰められ、自裁《じさい》して果てたのだと思うと、胸が張り裂けそうだった。

なにかがおかしいと感じたのは、ひとしきり泣いたあとである。

おゆきは身を起こした。

弥兵衛は人一倍、賢《かしこ》かった。その弥兵衛が、本気で、幕府を倒せるなどと思ったのだろうか。久能山に陣取ると言ったが、そんな軍兵《ぐんぴょう》をいったいどこに待機させていたのか。考えれば考えるほど、事件は作りものめいているように思えた。

おゆきは、弥兵衛の目を思い出していた。「あの頃はよかった」とつぶやき、なつかしそうに店のなかを眺めまわしていたあの目だ。弥兵衛が天下を欲する？　まさか。そんなもの、欲しがるはずがない。

だったら、なぜ――。

考えても無駄だった。

弥兵衛はもう、おゆきの手の届かぬところに行ってしまった。答は永遠に見つからないだろう。

ほどなく富士太郎が問屋場《といやば》から帰って来た。

富士太郎も噂を耳にしていた。ただ庄太とちがうのは、得意気な様子など微塵《みじん》もなく、怯《おび》えきっていたことである。

「大悪党ってのは、宮ケ崎の弥右衛門さんの息子らしい。ほれ、爺つぁんが養子にするつもりだった……」

富士太郎の唇はふるえていた。

弥右衛門はおゆきの父方の遠縁にあたる。一族のなかから、天下の大逆人が出たのだ。どこまでとばっちりが降りかかるか知れたものではなかった。

「嘘だろ。まさか、あいつがそんな大それたこと……」

おうめは笑い飛ばそうとした。が、その声もひきつっている。

「嘘なもんか」富士太郎は眉をひそめた。「江戸で学塾を開いていたそうだ。張孔堂という名を使って……」

「そうか。その人のことだったのか、江戸で名を挙《あ》げたってのは」

おときが放心した顔でつぶやく。

「だけどさ、紀州の殿さまもお弟子だとおまえ……」

「そんなことより、いったいどうして、お上に楯突《たて》くようなことをしたんだろうねえ」

「しっ。声が大きい。いいか。あの男のことはあくまで知らぬ存ぜぬで通すんだぞ」

家人が青い顔で言い合うのを、おゆきは放心した顔で聞いていた。さまざまな思いが流れては消えて、今や弥兵衛がこの世にいないという事実だけが、丸太でも呑み込んだように胸につっかかっている。三十年の空白を経《へ》て突如現われ、あっという間《ま》に駆け去ってしまった男との邂逅《かいこう》は、それ自体が幻《まぼろし》のように思えた。

お上への反逆者が出たということは、江戸幕府開闢《かいびゃく》以来の大事件だった。真偽が不確かなまま、尾ひれがつき、形をゆがめ、肥《こえ》太りながら、事件の噂は東海道を駆けめぐった。夏から秋にかけて、街道沿いの宿では寄ると触るとこの噂でもちきりだった。

噂はおゆきの耳にも入ってきた。

弥兵衛は紀伊藩主・徳川頼宣の名を騙《かた》って浪人を集めたという。幕府に反旗を翻《ひるがえ》すためである。弥兵衛の立てた計略は次のようなものだった。腹心の十文字槍の名人・丸橋《まるばし》忠弥《ちゅうや》に命じて、大風の夜、幕府の火薬庫に火をつけ、江戸の町を焼き払う。泡を食って登城しようとする老中を暗殺し、江戸城を乗っ取る。一方、弥兵衛は駿府で立つ。久能山をおさえ、家康の遺金を奪って上方の同志と呼応し、天下を掌握する。

ところが陰謀は、老中・松平信綱《まつだいらのぶつな》の家臣である奥村八右衛門《おくむらやえもん》の密告で未然に発覚した。奥村は弥兵衛の門人の一人だった。丸橋は江戸で捕らえられた。

弥兵衛はその夜、なにも知らず、旅籠の梅屋で同志と酒を飲んでいた。捕吏に包囲され、蟻《あり》の這《は》い出る隙間もないとわかると、潔《いさぎよ》く自決した。自決の方法については、腹をかっ捌《さば》いたという者、喉《のど》を突いたという者など様々な噂が飛び交い、断定は出来なかったが、弥兵衛の血まみれの死体が梅屋から運び出されたことはたしかで、首は今、安倍《あべ》川の川原に晒《さら》されているという。

おぞましさに耳を塞《ふさ》いだが、むだだった。噂はどこからともなく忍び込んでくる。それだけこの事件は、人々を瞠目《どうもく》させ、騒然とさせたのである。

しかも、それだけでは済まなかった。

弥兵衛の近親者はことごとく捕らえられた。全員が極刑に処せられたと聞いて、おゆきの家人は凍りついた。

「弥右衛門さんもおたえさんも、弥兵衛の兄弟は一人残らず、それに弥兵衛のお内儀さんやその縁者まで……」

弥兵衛のお内儀さん……！

では、弥兵衛には妻女がいたのだ。そのこと自体はおどろくにはあたらない。が、母親や妻女までが捕らえられ、打ち首になったというのだ。

三十年前の、弥兵衛との別れの日のことを、おゆきは思い出していた。

あれは夏も終わりに近づいたある朝のこと。旅支度を整え、裏口から忍び出て来た弥兵衛に、おゆきは取りすがった。

「あたしも連れてって」

弥兵衛は重苦しい息をついた。

「約束したはずだ。おいらを行かせる、と」

「したよ。したけど……やっぱし、離れたくない。ねえ、弥っつぁん」

「そうはいかねえ。おいらには志がある。女は足手まといだ」

「そんなら、そんならさ、志が叶《かな》ったら迎えに来るって約束しとくれ」

弥兵衛は顔をそむけた。

「無理だな。ちっとやそっとで叶うような志じゃあないんだ」

弥兵衛はおゆきの手を振りほどくと、その手をやさしく自分の手のひらに包み込んだ。

「おまえはひとり娘だ。婿をとって、幸せになんな」

ぎゅっと握りしめ、邪険に振り放す。

すすり泣くおゆきを残して、弥兵衛は去って行った――。

あのとき、もし一緒に江戸へ行っていたら、どうなっていたか。おゆきも捕らえられ、首を打たれていたはずだ。

救われた、とは、思わなかった。

人の命運の不可思議に、おゆきはただ呆然としていた。

事件が幕を下ろしてもなお、おゆきの家人は息をひそめていた。

いつもとちがったことをすれば、かえって世間の注目を浴びる。通常通り店を開けてはいたものの、富士太郎も庄太も遠出を控え、女たちは家にこもりきりだった。鼠《ねずみ》の走る物音にもびくつく暮らしは、その年いっぱいつづいた。

実家の人間が一人残らず処刑されたのである。たとえ二年余りのこととはいえ、養子にするつもりで弥兵衛を迎えいれたおゆきの家が罪に問われぬという保証はない。

だが弥兵衛がいたのは、三十年も昔のことだった。その後、いさかいがあった。おゆきの父親の死もあった。縁戚づきあいが途絶えていたことが、おゆきの家には幸いした。

宿場町で人の出入りが激しいことも幸運だった。近隣の者たちで、三十年も前の一時期、おゆきの家に養子がいたことを覚えている者はほとんどいなかった。覚えている者も、弥兵衛と幕府転覆を企《くわだ》てた反逆児が同一人物とは思いもしない。

それには訳があった。

おゆきが弥っつぁんと呼んだ男は、とうの昔にその名を棄《す》てていたのである。

弥兵衛の新しい名を知ったのは、皮肉にも事件の後だった。

由比正雪《しょうせつ》――。

弥兵衛はおゆきに、駿府にいた頃、学問の教えを受けた老学者の話をした。老学者は楠木正成の後裔を自称する元・今川《いまがわ》氏の武将で、由比美濃守正宣《みののかみまさのぶ》という名だった。弥兵衛は師と仰ぐ老学者の名から由比の姓をもらった――と、これは後世の説である。一方、由比宿にちなんで由比と名付けたという説もある。真偽はわからない。

姓の由来がどうあれ、弥兵衛はおゆきにちなんで「正雪」と名乗ったのだ。それで十分だった。

店先の砧の前に座って、ぼんやり槌を振り下ろしながら、おゆきはときおり考える。

いずれわかるときがくる——。

弥兵衛が言い残した、あの謎めいた言葉の意味を。

季節がめぐり、幾たびか春夏秋冬が入れ代わった。

おゆきは飽きもせず街道を眺めた。虚無僧姿の旅人が通りかかると腰を浮かせる。そのたびに、深遠な目をした若者が東海道を駆け抜ける姿を思い描く。

弥っつぁんはなにを志していたのだろうか、と、答えのない問いをくり返しながら。

深情け

宴たけなわ。

おそよは目を伏せ、膝につかねた両手を見つめていた。白粉《おしろい》を襟首《えりくび》まで厚く塗り込め、目元を燭台《しょくだい》の仄《ほの》明かりが端正な横顔を照らしている。

ほんのり上気させた初々《ういうい》しい花嫁に、列席者の間から吐息がもれる。

おそよは遠州《えんしゅう》豊田《とよた》郡向笠《むこうがさ》村の豪農、三右衛門《さんえもん》の娘だ。歳《とし》は十七。甘やかされて育ったので苦労知らず世間知らずだが、躾《しつ》けがよく、気立てもやさしい。なにより器量よしと評判である。

花婿は豊田郡大池《おおいけ》村の豪農、宗右衛門《そうえもん》の養子で、名を甚七《じんしち》という。

近在の豪農同士の縁談は、昨年（延享《えんきょう》元年《一七四四》）の春、決まった。当初は十月に祝言《しゅうげん》を挙《あ》げる運びとなっていたのだが、婚礼を目前にしたある夜、宗右衛門宅に盗賊が押し入った。千両箱を盗まれ、婚礼は半年くり延べになった。

大方の家なら、千両盗まれれば屋台骨がかたむく。だが宗右衛門家はびくともしなかった。豪農同士の見栄の張り合いもあり、婚礼は銭に糸目をつけない豪勢な宴《うたげ》である。

午《ひる》にはじまった宴は日暮れになってもまだつづいていた。

いつになったら終えるんじゃろ――。

おそよはため息をもらした。じっと座っているのは辛い。飲めや歌えの騒ぎにも飽き飽きしている。

縁談は親同士が決めたことだ。いやではないが、うれしくもなかった。

甚七とは子供の頃、一度だけ遊んだ。

顔は十人並。背が低くずんぐりしている。性格は生真面目《きまじめ》で、上目づかいに人を見る癖がある。もっともそれは子供の頃のことで、成人してからはわからない。

宗右衛門が見込んだだけあり、甚七は若いがやり手と評判だった。吝嗇《りんしょく》だという噂もある。そうでなければ銭はたまらない。宗右衛門は百姓のかたわら金貸しをしている。強欲に銭をため込んでいるらしい。

おそよの父も同類だった。

銭は、ないよりあったほうがいい。

花婿の顔を盗み見た。物足りない気もしたが、近在一の豪農の家に嫁《とつ》ぐのは悪い気分ではなかった。

「さてと。花婿花嫁も焦《じ》れておるずら。そろそろ退散しようかの」

戌《いぬ》の刻（午後八時）を過ぎて、三右衛門はようやく腰を上げた。花嫁の親族一行は、夜道を向笠村へ帰ってゆく。

客を見送り、

「これで済んだ。やれやれじゃ」

宗右衛門も機嫌よく自室へ引き上げた。

「さ、ご新造さん」

とめがおそよに声をかけた。とめはおそよの身のまわりの世話をするために雇《やと》われた、三十年増《どしま》の女中である。

甚七は番頭と話し込んでいた。

おそよは挨拶をして席を立つ。

新婚夫婦の寝間は離れにあった。婚礼に先立って増築した、木の香《か》も清々《すがすが》しい二間つづきの部屋である。

廊下へ出ようとしたときだ。

勝手口の戸が開く音がした。台所で談笑をしていた女中たちの声がぷつりと途絶える。入り乱れた足音がとって替わった。

宗右衛門の家は半年前に押し込みの被害に遭《あ》っている。そのときは寝込みを襲われ、家人は全員、叩き起こされて、納戸《なんど》へ押し込められた。青くなってふるえているうちに、盗賊は千両箱を奪って逃走した。

ここ数年、西は浜松宿《はままつしゆく》、東は金谷《かなや》宿に至る東海道一帯で、押し込みが横行していた。

賊は一人二人ではない。百名にものぼる大盗賊団だ。

頭領は金谷宿のお七里《しちり》の息子で、浜島《はまじま》庄兵衛《しょうべえ》という若者である。仲間内では尾張《おわり》十右衛門《じゅうえもん》と呼ばれていた。

お七里とは、七里役所お抱えの飛脚者のことだ。七里役所は、紀州《きしゅう》藩、尾州《びしゅう》藩など限られた親藩大名が、幕府の許しを得て街道に七里毎《ごと》に置いた役所で、二、三名のお七里が常時待機して国元と江戸の間の文を取り次ぐ。大名行列の際、先導を務《つと》めるのもお七里の役目で、親藩大名の威光を笠にきているから地元の代官や地頭は手も足も出ない。派手ないでたちで宿場内を練り歩き、はじめは銭をせびったり、脅《おど》し取ったりしていた。

盗賊団はお七里を後ろ楯にしている。咎《とが》められぬのをよいことに、今ではしたい放題の狼藉《ろうぜき》を働いていた。

「銭をため込むは不義不道。奪うてなにがわるい?」

義賊を気取って豪農や大商人から金品を奪う。平然と街中を闊歩《かっぽ》する。数はふくれ上がる一方だった。

昨秋、押し込みに遭った際、宗右衛門は掛川《かけがわ》藩の役人に被害を訴え出た。が、あれこれ理屈をこねられ、相手にしてもらえなかった。泣き寝入りをしたばかりだ。

同じ家に二度押し込むとは聞いたことがない。

「どうしたのでしょう」

「よもや、とは思いますが……」

おそよととめは顔を見合わせた。

そのときである。襖《ふすま》がひき倒され、黒小袖に黒の半纏《はんてん》、黒頭巾《ずきん》をかぶり、槍や脇差を手にした賊がなだれ込んで来た。

「な、なんだ、おまえらは？」

甚七は目をむいた。

訊《たず》ねるまでもない。昨秋も顔を合わせている。

「一度ならず二度までも……いったい当家になんの恨《うら》みがあって……」

甚七はあとずさりしながら叫んだ。

「恨みはねえが、気に食わねえ」

賊の一人が吠《ほ》えた。

「てめえらばかり肥《こ》え太りやがって」

数人がいっせいに襲いかかる。

賊は三十人。いや、四十人もいようか。多勢に無勢だ。第一、分がわるいことに、甚七と座敷に残っていた数人の男たちはみな酔っぱらっていた。抗戦しようにもできない。

男たちは縛《しば》り上げられ、おそよととめも壁際に突き飛ばされた。

おそよは怯《おび》えていた。が、それ以上に呆然としていた。

向笠村ではまだ押し込みの被害に遭った家はない。宗右衛門家が千両箱を盗まれた話は聞いていたが、ことの子細までは知らなかった。顔も隠さず堂々と、まるで善行を施すような顔で意気揚々とあらわれた盗賊の一団に度肝《どぎも》を抜かれたのである。

それにも増して驚いたのは、頭領・十右衛門の風貌だった。面長色白。鼻筋の通った役者にしたいような色男だ。背はすらりと高く、月代《さかやき》は薄く長く、一皮目《ひとかわめ》の眼光は鋭いがいかにも賢《さか》しげで、薄い口許にはえもいえぬ品がある。

装束も凝《こ》っていた。黒縮緬《ちりめん》の小袖の上から、金糸で縫い取りした黒羅紗《らしゃ》の半纏《はんてん》を重ねている。手足には黒繻子《じゅす》の小手《こて》と臑当《すねあて》、黒皮の兜頭巾《かぶと》をかぶって薄金の面頬《めんぼお》をつけ、銀鞘の太刀を腰に落とし込んでいた。

手下が男たちを縛り上げ、台所にいた男女を引き立てて、さらに宗右衛門を呼びに行く間、十右衛門は床几《しょうぎ》に座し、悠然とあたりを見まわしていた。陣中で采配を振るう武将ならかくやあらんと想われる、颯爽《さっそう》たる姿である。

なんとまあ、妙な泥棒がいたものだ――。

おそよは見惚れた。生まれてこのかた、これほど美貌の若者には出会ったことがない。威風堂々たる男にも。十右衛門のまわりだけが後光につつまれているように見える。

災難らしい災難にも遭ったことがなかったから、なにが起ころうと我が身は安泰、いざとなればだれかが助けてくれると、心のどこかで思い込んでいる。

しばらくすると、手下どもが宗右衛門を伴って戻って来た。

十右衛門は表情をひきしめた。穏やかだが威厳に満ちた声音で、銭の在《あ》り処《か》を訊ねる。

「銭などない。うぬら、盗んだばかりじゃろうが」

宗右衛門は怒りに身をふるわせた。

十右衛門は唇をゆがめて笑った。

「これだけの婚礼ができるってこたぁ、蔵にはまだまだ銭がうなっているはずだ」

案内《あない》せよ、と命じる。

あがいたところで勝ち目がないことはわかっていた。宗右衛門は数人の手下に追い立てられて蔵へ向かう。

宗右衛門が出てゆくと、残りの手下が期待をこめて十右衛門を見た。

「頭領」

「うむ」

十右衛門はあらためて獲物を見まわした。女たちを眺める目に好色な光がある。

「銭を奪うだけじゃあ能がねえな」

低い声でつぶやき、おそよに目を止めた。

「おめえが花嫁か」

粘《ねば》っこい視線がおそよの体を這《は》いまわる。

おそよは目を伏せた。頬がかっと熱くなって、動悸が速まった。

「花嫁たぁおもしれえ」

十右衛門は喉《のど》をならした。

とめがかばうようにおそよを抱きしめる。

緊迫した一瞬があったのち、十右衛門は手下に目配せをした。屈強な男が二人、おそよに歩み寄る。とめを突き飛ばし、両側からおそよの体を抱え上げた。

「なにをする。お放し。放せ」

とめは気丈にも反撃に出た。が、あえなく足蹴《あしげ》にされた。

「や、止めてくれ。頼む。銭ならいくらでも……」

甚七も懇願した。

十右衛門は耳を貸さなかった。おもむろに腰を上げ、

「おめえらも好きにしろ」

手下に向かって言い放つ。飢えた狼さながら手下どもが我先に女たちに飛びかかるのを一瞥《いちべつ》して、悠然と廊下へ出た。

二度目の押し込みである。宗右衛門宅の間取りは頭に入っている。おそよを離れに連れ込み、

「行け」

と、手下を追い払う。後ろ手に襖をとざした。

寝間には二組の夜具が敷かれていた。

「相手がちがうだけで、やることたぁ同じだ」

おめえは運がいい。あんな亭主より、このおれさまのほうがよほど抱かれがいがあるってぇもんだ――十右衛門はうそぶいて、おそよを抱き寄せた。

おそよは抗《あらが》わなかった。抗おうにも、金縛りに遭ったように動けない。恐怖もあったがそれだけではなかった。

十右衛門に心を奪われている。

見れば見るほど凜々《りり》しく、ぞくりとするほど美しい。現《うつつ》の男とは思えなかった。

甚七に抱かれるなら、いっそこの男に……。不謹慎な考えがちらりと脳裏をかすめる。

相手は盗賊の頭領だ。だが、盗賊のどこが悪いのか。銭持ちから銭を奪うのと、貧しい小作人から銭を取り立てるのと、どれほどのちがいがあるのだろう。

とりとめのない思いが浮かんでは消える。

十右衛門はおそよの胸元に手を突っ込んだ。乳房をつかむ。

おそよは「あっ」と声をあげた。が、振り払おうとはしなかった。蛇に見込まれた蛙のように棒立ちになっている。

「手もねえな」

十右衛門はつぶやいた。

「おれさまに抗う女は十人に五人もいやしねえ。その五人だって、抗うふりをして見せるだけさ。ま、そのほうが興が乗るってなもんだかよ」

どいつもこいつも抱かれる番を待っている——とでも自惚《うぬぼ》れているのか。

「帯を解きな」

ぶっきらぼうに命じた。

おそよは耳たぶを真っ赤に染めた。

「こいつぁほんとの生娘らしいや」

親の言うなりに嫁ぎ、つまらぬ男に体を与える女が大うつけに見えたのだろう。十右衛門は苦笑した。

乱暴に打ち掛けを放り投げ、帯を解く。

おそよは恥ずかしそうに目を伏せ、身をよじったものの、やはり逃げようとも抗おうともしなかった。

十右衛門は舌打ちをした。突っ立っていられては興をそがれるとでもいうように力まかせに小袖を引き剝《は》ぎ、襦袢《じゅばん》を剝ぎ取った。

おそよは狼狽して両手で乳房をおおった。が、それだけだった。二布《ふたの》一枚にされ、夜具の上に転がされるや、観念したように目を閉じる。

十右衛門は桜色の乳首をぎゅっとつまんだ。二布を開き、白くたおやかな裸身を見ると堪《こら》えがきかなくなったのか、裸になる手間をはぶき、小袖の裾《すそ》をまくり上げてのしかかる。己の欲望を満たすことしか頭にないらしい。

おそよはうめいた。はじめてなので痛くてたまらなかったが、苦痛が妙に新鮮だった。十右衛門の行為が乱暴であればあるほど、痛みが大きくなればなるほど、新たな力が満ちてくるような気がした。

こんなにも深く結びついている――。

体ばかりか、胸もいっぱいになる。

ことはあっけなく終わった。十右衛門はそそくさと身繕《づくろ》いをした。おそよがいることなど忘れたように、あわただしく去ってゆく。

母屋のざわめきはさらに四半刻（約三十分）ほどつづいた。

その間、おそよは夢見心地で仰臥《ぎょうが》していた。花冷えの季節だ。夜気は冷たい。裸身には鳥肌が立っていたが、不思議に寒さは感じなかった。

盗賊の頭領に抱かれた。美貌の若武者と契《ちぎ》った。そのこと自体、絵空事《えそらごと》のようにも、夢のなかの出来事のようにも思えた。

二人には前世の因縁があるんじゃないか――。

ぼんやり考える。

やがてざわめきが消え、代わってすすり泣きが聞こえた。おそよも泣きたくなった。奪われたもののためにではなく、たったいま手に入れたもののために。手に入れはしたが、あまりにも虚《うつ》ろで儚《はかな》いもののために。

なおもそうしていると、甚七が青い顔で飛んで来た。新妻の裸身を見て息を呑む。一瞬遅れて、とめが駆けつけた。襦袢を拾い上げ、おそよの体をおおい隠す。とめの着物も乱れ、髷《まげ》がくずれていた。やはり狼藉を受けたらしい。

そこへ宗右衛門がやって来た。息を呑み、一瞬棒立ちになったあと、くずれるように畳に両手をつく。

「すまねえ。おそよさん、すまねえ。三右衛門どんになんと詫《わ》びりゃあええずら……」

おそよは顔を上げた。

甚七はまだ棒立ちになっている。宗右衛門は這いつくばって繰《く》り言《ごと》を述べていた。とめはおろおろと畳に散らばった着物や帯を片づけている。

それらのすべてが、おそよには、どこか遠い、自分とはかかわりのない出来事のように思えた。夢と現が逆さになったような……。

「災難に遭うたと思うて、忘れにゃあ」

とめが肩を抱いて慰めたとき、おそよははじめて涙をこぼした。一旦、堰《せき》を切った涙は止まらない。

甚七はうめいた。宗右衛門は拳で畳を殴りつける。

おそよの涙の本当の意味に気づいた者は一人もいなかった。

二

おそよは変わった。

十日たち、半月たっても鬱々《うつうつ》としている。傍目《はため》には事件を苦にして泣き暮らしているように見えたが、実際はちがった。恋煩《わずら》いである。

「おまえに落ち度はない。わしは少しも気にしておらん」

甚七は新妻をなぐさめた。

おそよはまだ衝撃が癒《い》えないからと言いつくろって、甚七に指一本ふれさせなかった。ひと月ほどはごまかせた。が、いつまでもそれでは済まなかった。甚七はしきりに閨事《ねやごと》を迫る。

思い余ったおそよは、実家へ逃げ帰ってしまった。甚七が迎えに来ても、自室にこもって出て来ない。

数日後、甚七に泣きつかれた宗右衛門が向笠村へやって来た。

「これでは、甚七が盗賊に手込めにされた新妻を厭《いと》うて追い出したように思われる。当家が情け知らずと誹《そし》られる」

言葉を尽くして連れ帰ろうとしたものの、おそよは泣きくずれるばかり。

「こう世間の目がうるそうては、顔を上げて歩けんじゃろう。ほとぼりが冷めるまで、もうしばらくそっとしておいてくれ」

三右衛門は頭を下げた。

宗右衛門の家が二度目の押し込みに遭い、一家の女がことごとく辱《はずかし》めを受けた事実は近在に知れ渡っている。

「大池村へ帰れば好奇の目にさらされる。それではあまりに娘が不憫《ふびん》だ」

「それもこれも尾張十右衛門一味のせいじゃ。憎っくき野郎どもめ」

宗右衛門、三右衛門の二人は、相談の上、陣屋へ出向き、地頭に盗賊捕縛を訴えた。だが例によってのらりくらり言い逃れをされ、いっこうに埒《らち》が明かない。

「このままでは、奴ら、ますますいい気になるばかりだ」

三右衛門は歯ぎしりした。

両家の困惑を余所《よそ》に、おそよは別のことを考えていた。十右衛門が恋しい。なんとしても逢いたい。抱かれたい。

甚七の凡庸《ぼんよう》な顔を見るとうんざりした。同じ男でありながらこうもちがうものか。やさしい言葉をかけられればかえって不愉快になる。十右衛門の鋭い眼光、逞《たくま》しい体、厚かましい指や乱暴な行為を思い出すだけで体が燃えた。十右衛門と結ばれた今となっては、甚七を受け入れるなど耐えられない——。

「兄さん。尾張十右衛門がどこに住んでいるか、調べてもらえねえか」

思い余って兄の三五郎《さんごろう》に頼んだ。

三五郎はおそよのすぐ上の兄である。軽率なところはあるがお人よしで銭払いがよく、近隣の若者に顔がきく。

「なんでおめえ、そんなことを知りたがる」

「だって……このままじゃあ気が済まねえもの」

三五郎は妹を可愛がっていた。今度のことでは三五郎も胸を痛めている。おそよの思いつめた顔を見れば、嫌とは言えなかったのだろう。

「おいらもこのままじゃあ気が済まねえ。調べてみるか」

盗賊一味は悪びれるふうもなく街道を闊歩《かっぽ》していた。身をひそめているわけではなかったが、人数が多く、塒《ねぐら》もまちまちだから、肝心の十右衛門の居所となるとさっぱり見当がつかない。

塒を見つけ、再会できたとして、そのあとどうすればよいのか。

おそよにはわからなかった。相手は盗賊の頭領。おそよは甚七の妻。どうなるものでもない。

それでも、逢いたかった。逢いさえすれば、すべてが変わるような気がする。おそよは評判の器量よしだと言われて育った。自分を袖にする男がいるとは思ってもみない。あの夜の契りは十右衛門の胸にも鮮明に刻まれているはずだと信じ込んでいる。

「上新居《かみあらい》村の甚兵衛《じんべえ》って男のところに隠れているらしい」

梅雨《つゆ》明けに三五郎が報告した。

上新居村は天竜《てんりゅう》川の東岸、池田《いけだ》と見附《みつけ》の間にある村だ。金谷宿から見附宿までは日坂《にっさか》、掛川、袋井《ふくろい》と三宿を経て、西へ約七里（約二八キロ）、女の足では一日がかりだ。

幸い袋井宿には母方の叔母の家があった。近くには遠州三山と呼ばれる大寺院があり、なかでも法多山尊永寺《はったさんそんえいじ》は厄除《やくよ》け観音で知られている。

厄除けに寺詣《もう》でをするととりつくろって、おそよは三五郎と家を出た。袋井宿から上新居村までなら二里ほどで行ける。叔母の家に二泊して、終日、甚兵衛の家を見張った。

十右衛門はいなかった。どこかへ引き移ってしまったらしい。

おそよは落胆した。

袋井から帰ってひと月ほど経ったある日のことだ。向笠村の百姓、喜八《きはち》が訪ねて来た。豪農ではないが、喜八はささやかながら自分の畑を持っている。よほどウマが合うのか、三右衛門はなにかといえば喜八を呼び出し、相談相手にしていた。

喜八は三十三。二年前に女房を亡くしている。

「十右衛門は見附の七里役所に匿《かくま》われているらしい。役所の裏路地に手下どもの長屋がある。裏口からこっそり出入りしているそうだ」

喜八の話を耳にして、おそよは小躍《こおど》りした。七里役所にひそんでいるとなると厄介《やっかい》だが、裏口を見張っていれば逢えるかもしれない。

見附宿は遠い。だが、十右衛門の居所がわかった以上、じっとしてはいられなかった。なんとしても逢わなけりゃ――。

法多山へ詣でたら気分が晴れた。もう一度、今度はしばらく叔母の家に腰を据《す》えて、厄落としの祈禱《きとう》をしたい。おそよは三右衛門に懇願し、許しを得た。

見附への道はもうわかっている。今回は一人。はじめから叔母の家に泊まる気はなかった。

日時が経つにつれ、おそよの妄想はふくらんでいる。

もしかしたら、十右衛門も自分の行方を探しているのではないか。忘れられず、悶々《もんもん》としているのではないか。目をつぶれば、おそよ恋しさに大池村の宗右衛門宅の門前をうろつく十右衛門の姿が見えた。

恋に溺れているから、どうしても自分の都合の良いように解釈してしまう。婚礼の夜、宗右衛門家に押し込んだのは、はじめから自分が目当てだったのではないか。どこかで自分の姿を見かけ、ひそかに恋い焦《こ》がれていたのでは……。

妄想は際限がない。甘く、切なく、胸を蕩《とろ》かせる。

十右衛門が来いと言ってくれたら親も捨てよう。むろん、甚七も――。

虚空の一点を見すえるおそよの目には、今や十右衛門しか映っていなかった。


戸外はうだるような暑さだった。

日陰に身を寄せていても汗がにじんでくる。

見附宿。七里役所の裏路地。

おそよは懐紙で汗をぬぐいながら、四、五間（約七～九メートル）先の裏口を動かぬ目で見つめていた。

しばらくすると派手ないでたちの若者が二人、歩いて来た。裏木戸をくぐろうとして、おそよに目を向ける。

「また来てるぜ」

一人がもう一人の脇腹を肘《ひじ》でつついた。

「薄気味わるい女だ」

「けど、なかなかの別嬪《べっぴん》だぜ」

話しながらなかへ消えた。

おそよは眉をひそめた。

薄気味わるい――。

たしかにそうかもしれない。自分でも自分が怖くなる。

安旅籠《はたご》へ腰を据え、七里役所の裏口へ通いつめて四日目になるが、十右衛門はまだあらわれなかった。

暑さは日を追うごとにきびしくなっている。風はなく、空気は重くよどんでいた。汗を吸った襦袢がぺたりと背中に貼りつき、体が火照《ほて》って目眩《めまい》がしそうだ。

おそよは思案した。

手下に気づかれ、薄気味わるいと言われた以上、いつまでもこうしてはいられない。毎日同じ場所にたたずんでいてはいやがおうでも人目をひく。身なりのよい、うら若い女房ではなおさらだった。七里役所は見附宿の中心にある。人馬が絶えまなく往来するから、よもや危険はないと思うが、相手は盗賊である。

なにかよい方法はないものか――。

眉をひそめたときである。若者の一団が出て来た。

動悸が速まった。

若者は八人。そのなかに、忘れもしない、十右衛門がいた。鼠色の木綿に竜虎の模様を染め抜き、黒びろうどの襟をかけた半纏を着ている。腰に脇差を落とし込み、脛当をつけたお七里のいでたちだ。立ち姿の美しさもさることながら、鼻筋の通った色白の顔だちは、昼の光のなかでもひときわ際立っていた。

一団はぞろぞろとおそよの脇を通りすぎた。

すれちがうとき、いっせいにおそよを見た。好色な薄笑いを浮かべる者も、目配せをする者もいたが、十右衛門は表情を変えなかった。

〝通りすがりの見知らぬ女〟

それ以外の関心はないらしい。一瞥《いちべつ》しただけで去ってゆく。

おそよは呆然と後ろ姿を見送った。

気づかなかった？　まさか、そんなはずはない――。

二人は契りを結んだ。汗と汗がまじり合い、息と息がからみ合った。忘れられようか。

手下に囲まれていたから、わざと知らん顔をしたのかもしれない――。

そう思うことにした。仲間の手前知らぬふりをしたものの、むろん、気づいていたはずだ。再会を喜んでいたにちがいない。

その日はやむなく旅籠へ帰った。

はじめての遠出、それも連日の張り込みで疲労困憊《こんぱい》している。早々に床についた。

疲れているのに眠れなかった。

十右衛門の姿を思い浮かべる。

おそよは一人娘だ。兄弟は男ばかり。大切に育てられ、これまで欲しいものはなんでも手に入れてきた。それが、今回ばかりは思うようにいかない。恋心とは別に意地もある。いてもたってもいられなかった。

そうだ。十右衛門には妻子がいるのだ。だから自分を思い切ろうとしているのではないか。それとも、半年近く逢わない間に心変わりしてしまったのか。惚れた女ができたのかもしれない。

どうすればあの人の心を取り戻せるのか。

これといった名案も思いつかず、翌日も七里役所の裏路地へ出かけた。

逢えなかった。

次の日も出かけた。今や、執念だけが唯一の生きがいになっている。

三日目にようやく出会った。

が、この日も十右衛門はおそよを無視した。

正確に言えば、無視したわけではない。

はて。どこぞで逢《お》うたか――。

とでもいうように首をかしげた。

十右衛門に抱かれたとき、おそよは花嫁姿だった。白粉を塗りたくっていた上に、薄暗い家のなかである。顔を覚えていなくても当然だが、おそよはそうは思わなかった。

十右衛門のそっけない態度は、おそよの妄想をなおいっそうかきたてた。

人妻だから傷つけてはいけないとがまんしているのだ。だから、あんなふうに顔をそむけて——。

一旦家へ帰り、また参詣を言い訳に家を出る。

逢える日もあり、逢えない日もあった。逢ったところで、十右衛門は大勢の取り巻きに囲まれている。声をかける勇気はなかった。ひたすらあとをつけてゆくだけだ。

風変わりな追跡は、断続的ではあったが、年の瀬までつづいた。

三

「いったいなんだってんだ?」

木枯らしの吹き荒れるその日、十右衛門は一団から離れ、つかつかとおそよに歩み寄った。にらみつけた目に苛立ちがこもっている。

心の準備ができていなかったので、おそよは狼狽した。

「おめえはだれか、と、訊《き》いてるんだ」

「あたしは、その……」

「文句があるなら言ってみな」

「文句なんて……」

「そんなら、なんであとをつけまわす？」

おそよは絶句した。百も千も言葉が喉元まであふれているのに声にならない。

やっぱり、覚えていないのか――。

地に落ち込むような衝撃。目眩。絶望。

おそよの青ざめた顔を見て、十右衛門は表情を和《やわ》らげた。

「おめえ、だれだ？」

もう一度訊ねた。

「大池村の……宗右衛門の家の……」

おそよはかろうじて声をしぼり出した。

十右衛門は眉根を寄せて思案した。

「宗右衛門？　てえと……」そうか、と、大きくうなずいた。「あんときの花嫁か。で、その花嫁がおれさまに何用だ？　銭を返してほしいのか。そんなら無駄だぜ。きれいさっぱり使っちまった」

銭？　銭なんて、そんなもん――。

おそよは首を横に振った。

「銭でないならなんなんだ？　え？　仇討《あだう》ちか。悪いがおれさまはまだ死ねねえ。業突張《ごうつくば》りの銭持ちをこらしめるまでは死ねねえんだ」

にやりと笑った。

「おれさまが死んだら、あとを追って死にたがる女がごまんといるしよ。けえんな。旦那が待ってるぜ」

十右衛門は踵《きびす》を返した。一団のもとへ戻る。振り向きもしなかった。

「なんだって言うんで？」

取り巻きのだれかが訊ねた。

「あの女、頭領に惚れ込んでるんじゃあ」

「相手をしてやりゃあどうなんで」

下卑《げび》た声が聞こえる。

その声に負けない下卑た口調で、十右衛門は切り返した。

「一度でたくさんだ。あの手の女は性《しょう》に合わねえ」

足音が遠ざかってゆく。一陣の風が吹きすぎ、砂塵《さじん》を巻き上げた。

うそだ。仲間がいたからわざとあんなことを――。

なおもとりつくろおうとした。が、今度ばかりは上手《うま》くいかなかった。十右衛門の冷淡な双眸を見てしまった以上、もはやごまかしはきかない。

どれくらい棒立ちになっていたか。

気がつくと日が暮れかけていた。無意識に嚙《か》みしめていたのだろう、唇が切れて血がにじんでいる。

鉛のような足取りで旅籠へ戻った。翌朝早く、宿を引き払う。胸に穴があいて、木枯らしが吹き荒れているようだった。

自分には命より大切な思い出が、十右衛門にとっては思い出す値打ちもない、取るに足らぬものだったとは……。

事実を理解するには全身全霊の力を要した。

気力をふりしぼって家にたどりつく。

家人は青くなっておそよの行方《ゆくえ》を探していた。所用で訊ねて来た叔母の家人の話から、おそよの嘘がばれたのである。

本来なら釈明しなければならなかった。だがしないで済んだ。

おそよはその夜から床についてしまった。

四

おそよは冬の間、病床で過ごした。病《やまい》を理由に甚七と離縁したのは、押し込みから一年経った春先のことである。

〝一度でたくさんだ〟〝あの手の女は性に合わねえ〟――十右衛門の無情な言葉を思い出すたびに肚《はら》が燃え、床の上を七転八倒する。死んでしまいたい。こんな侮辱を受けて、とても生きてはいられない。そう思いつつ、抱かれた夜を思い出し、体を火照らせる。

恋しい――。

恋情だけはどうあがいても消せなかった。

「こいつは内緒事だが、今、やつらの罪状を調べあげている」

ある日、見舞いに来た喜八が打ち明けた。

どこへ訴えるにしろ、ひとつふたつの事件では役人は動かない。だから罪状を調べることにしたという。調べてみると、押し込み件数は驚くべき数に上った。

「おそよさんのような目に遭った女子《おなご》も数えきれねえ。そればかりじゃあねえんだ。あきれたことに、十右衛門てやつは、両手両足でも足らねえくらい妾や情婦を囲っている」

おそよは目をみはった。嫉妬の炎《ほむら》が一気に燃え上がった。

その日を境に、おそよは快方に向かった。あらたな目的を見出《みいだ》したのである。

目的とは、十右衛門を捕らえること。十右衛門の自由を奪うこと。そうすれば、他の女たちから引き離し、自分だけのものにできる。

おそよは新たな執念に取りつかれた。三五郎や喜八にはまかせておけない。自ら近隣の村々を訪ね歩いた。

「あいつを捕まえて」

三右衛門に取りすがり、涙ながらにかきくどく。陣屋の役人で埒が明かないなら、江戸へ行って訴えてくれ、でなければ死んでも死にきれない——おそよは懇願した。

延享三年八月末、三右衛門は喜八を同道して江戸へ出立した。

江戸行きの目的を承知していたのは、おそよと三五郎だけだ。

九月三日、三右衛門は奏者番《そうじゃばん》で寺社奉行を兼務する本多紀伊守正珍《ほんだきいのかみまさよし》に訴状を提出した。

本多紀伊守は東海道沿いの駿河《するが》国田中《たなか》藩主である。ことは街道の治安にかかわる。だからこそ白羽の矢を立てたのである。

訴状には、一年余りかけて調べ上げた盗賊一味の罪状が、事細《こま》かに記載されていた。

本多紀伊守は、ひと月後、老中に昇格した。ただちに火付盗賊改《ひつけとうぞくあらため》・徳山五兵衛《とくやまごへえ》に悪党一味の捕縛を命じた。

火付盗賊改は私領・公領を問わず探索が許されている。徳山は屈強な与力、同心を五人選び、ひそかに見附へ送り込んだ。

「庚申待《こうしんまち》の夜、横町の万右衛門《まんえもん》という男の家で博打《ばくち》があります。そこに必ず……」

与力の小林《こばやし》藤兵衛《とうべえ》に耳打ちをしたのは、おそよである。

盗賊一味の動向を探るのは思ったより簡単だった。遠州は藩領や旗本領が複雑に入り組んでいる。いずれも弱小で、紀伊や尾張のような大藩には手が出せない。それをいいことに、十右衛門一味は警戒を怠《おこた》っていた。

九月二十日、庚申待の夜。

火付盗賊改の与力、同心は、地元の強者《つわもの》三十余名を引き連れて、賭場へ踏み込んだ。だが捕縛したのは、副頭領とも言われる岩淵《いわぶち》の弥七《やしち》をはじめ、池田の利兵衛《りへえ》、中泉《なかいずみ》の千次《せんじ》郎《ろう》など十一人。十右衛門は捕方《とりかた》の進入に気づくや燭台を倒し、真っ暗闇にした上で、壁を突き破って逃走した。

おそよは地団駄《じだんだ》を踏んだ。

「なんとしても捕らえてください」

一念に凝り固まって、食べ物もろくに喉を通らない。

十右衛門が愛しい。他の女に奪われたくない。自分のいないところで生き延びるなど、断じて許せなかった。

火付盗賊改は江戸から助っ人を呼び寄せ、地元の代官所にも加勢を命じて、街道一帯で大がかりな探索をくり広げた。あらたに十三人を捕縛。

さらに、七里役所へ談判に及び、十右衛門の右腕であるお七里・中村唯助《なかむらただすけ》を捕縛した。つづいて、先に捕らえた岩淵の弥七を拷問にかけ、十右衛門の弟分、中村左膳《さぜん》の居所を探り出す。中村左膳、京都にて捕縛。

十右衛門は翌延享四年の正月、京都町奉行の手で召し捕られた。伊勢《いせ》まで逃げ延びたものの、主だった仲間がことごとく捕らえられ、おまけにどこへ行っても人相書きがばらまかれているのを見て、もはや逃げられぬと覚悟を定め、奉行所へ自首して出たという。

詮議ののち、江戸へ送られた。

三月十一日、江戸市中引回しの上、伝馬《てんま》町の牢内で斬首。首は見附へ送り返され、中村唯助、中村左膳、岩淵の弥七の首と共に三本松の刑場にさらされた。行年《ぎょうねん》三十歳。のちの世の人々から〝日本左衛門《にほんざえもん》〟と持て囃《はや》され、歌舞伎の主人公となった尾張十右衛門、本名・浜島庄兵衛は、図抜けて頭がよかったと言われている。だが、自分を斬首・獄門に追い込んだものが、たった一度、どさくさにまぎれて手込めにした女の深情けだとは、思いもしなかったにちがいない。

五

生あたたかな風が十右衛門の鬢《びん》のほつれ毛をそよがせる。

自惚れも闘志も消え、蠟《ろう》人形のように青ざめた顔は、生前以上の男振りだった。今にも目を開け、話しかけてきそうだ。

江戸から送られた首級四つは、刑場のさらし台の上から娑婆《しゃば》の喧騒を睥睨《へいげい》していた。周囲には竹矢来《やらい》が立てまわされ、その向こうに、大盗人の最期をひと目見ようと近隣の村人がひしめいている。

おそよは最前列に陣取っていた。すでに一刻（約二時間）以上、同じ場所に立ち尽くしている。人波にもまれようが、好奇に満ちた視線を浴びようがいっこうに気にならなかった。

頬は紅潮している。息づかいも速い。憑《つ》かれた者のまなざしだ。

「おそよ。もう気が済んだろ」

「なあ、おそよさん。いいかげんにしねえか」

三五郎と喜八は何度となく声をかけた。おそよは見向きもしない。うんざりした二人は松の大木の木陰にへたり込んだ。

おそよが戻って来たのは、さらに半刻以上も経ってからである。

「やれやれ。助かった」

喜八は腰を浮かせた。

おそよは二人のすぐそばまで来て足を止めた。三五郎に視線を向け、早口で命じる。

「え？　なんだって」

三五郎が息を呑むのを見て、もう一度、今度は決然とした口調でくり返した。

「く、首を、盗めだと……？　ばか言うな。そんなこと、できるもんか」

首は矢来のなかに安置されている。盗むとなれば、闇に乗じて忍び込むしかないが、夜間も見張りがいるはずだ。

三五郎と喜八は思い止まらせようとした。おそよは頑として譲らなかった。

「そんならいいよ。もう頼まない」

二人に背を向ける。

「待ってくれ」

喜八はおそよの肩をつかんだ。じっと目を見る。

「ひとりでもやる気だな。で、盗み出したあとはどうする？」

「墓を作って葬る」

「そうすりゃあ、きれいさっぱり忘れ、昔に戻る。そうなのか」

おそよは目を逸《そ》らせた。

三五郎も喜八も思い違いをしている。おそよが葬ろうとしているのは、忌《い》まわしい思い出ではない。めくるめく一夜、燃えるような恋心、体にきざまれた刻印だ。土中へ埋めてしまえるようなものではなかった。

それでも、首を埋めれば、十右衛門はおそよだけのものになる。妬心が消え、心が安らかになるような気がした。

「そうだね。戻れるかもしれない。喜八さんが力を貸してくれるなら」

おそよは喜八の目を見返した。

喜八はぱっと顔を輝かせた。

「そんならおれが盗み出してやる。三五郎、おめえも手伝え」

「結局はそういうことか。ま、いいさ。見張りくらいならしてやらあ」

そうと決まれば、のんびりかまえてはいられなかった。失敗は許されない。どうやって盗み出すか。盗んだ首をどこへ運ぶか。喜八と三五郎は、真剣な顔で検討をはじめた。

二人の話に耳を傾けながら、おそよは眼下の景色を眺めた。

刑場は高台にある。袋井、掛川、金谷とつづく東海道が見えた。宿場が途切れた先に田畑が広がり、大小の農家が点在している。

大池村もあのあたりにあるはずだ。

大池村でおそよは十右衛門と契った。あれからまだ二年しかたたないのに、はるか昔のことのように思えた。

竹矢来のほうへ顔を向けると、風に乗ってかすかな腐臭が流れてきた。相変わらず群衆がおしあいへしあいしている。

今度こそ一緒になれるよ――。

十右衛門もそれを望んでいたような気がする。

「そうさ。そうに決まってる」

深々と風を吸い込み、おそよは人知れず忍び笑いをもらした。

雲助《くもすけ》の恋

一

えっほ、えいほ、えっほ、えいほ……

相方の勘太《かんた》と掛け声をかけ合いながら、常吉《つねきち》はあたりを見まわした。

お栄《えい》はたいがい、このあたりに立っている。

「あ」

「どうした」

「なんでもねえ」

常吉は巨体をすくめた。すくめながら、視線はお栄の動きを追っている。

お栄は旅人の袖《そで》を引こうとしていた。足を踏み出したとき、物陰から別の女があらわれた。日坂宿《にっさか》の飯盛女郎だ。女はお栄を突き飛ばし、旅人にしなだれかかった。

するとそこへ、おみねが駆け寄った。おみねは、お栄と同じ金谷宿《かなや》の招女《おじやれ》である。女を押し退《の》け、旅人の腕をつかんだ。

「なんだい。横取りしようってのかい」

飯盛女郎はかみついた。大年増《おおどしま》の見るからに勝気そうな女だ。

「横取りしたのはどっちだい。とぼけたこと言うんじゃないよ」

おみねが怒鳴《どな》り返す。

「うるさいねえ、あっちへいきな」

「おまえこそ、とっとと失《う》せやがれ」

左右から腕をひっぱられ、旅人は立ち往生している。

どっちの女が勝っても、お栄は客を奪われる。

へっ。またしくじりやがった——。

胸の内でつぶやいて駆け抜けようとしたときだ。お栄と目が合った。所在なげに突っ立って、じっと常吉を見つめている。その眸《ひとみ》に媚《こび》を含んだ恥じらいの色を見つけ、常吉は「おや」と目をみはった。お栄のまなざしはまるで——。

いや、まさか。おいらみてえな「でくのぼう」に惚れる女などいるもんかと、常吉は苦笑した。

夕陽が前を行く勘太の背を赤く染めている。女たちの嬌声《きょうせい》に、烏《からす》の鳴き声が重なる。

ここは、小夜《さよ》の中山《なかやま》。「さよ」は「塞《さい》」の意だ。峻嶮《しゅんけん》な峠を意味する。

府中《ふちゅう》から丸子《まりこ》、岡部《おかべ》、藤枝《ふじえだ》、島田《しまだ》と東海道を西へ下って金谷宿。金谷を過ぎ、金谷坂を越えると中世に菊川《きくがわ》宿として栄えた谷間《たにあい》の村に出る。そこからはまたもや急坂。これが小夜の中山で、峠を越えたところが日坂宿である。

夕暮れどきになると、菊川から小夜の中山にかけて、金谷宿の招女と日坂宿の飯盛女郎が東西から出張って客を引く。嬌声が飛び交い、盲縞や格子縞の着物に安物の昼夜帯、髪をくずし島田に結った女たちが、夕陽に顔を火照らせて客を奪い合う。その光景は、街道の名物となっていた。

招女とは街道へ出て客を引く売女のことである。「ここへおじゃれ」と声をかけることから「おじゃれ」と呼ばれるようになった。金谷以外にも小田原《おだわら》、三島《みしま》、石薬師《いしやくし》、丸子などの宿には招女が、招女のいない宿には飯盛女郎がいて、いずれも色を売って暮らしをたてている。

お栄は新米の招女だ。常吉がお栄をはじめて見たのは、半年ほど前の春先である。おどおどした様子を見れば、この稼業がはじめてだということは一目瞭然だった。天保《てんぽう》の飢饉以来、信州《しんしゅう》や甲州《こうしゅう》、越後《えちご》などの村落では、死潰《しにつぶれ》農家や離散農家が続出している。食い詰めて繁華な街道沿いの宿場へ出稼ぎにやって来る女は数えきれない。噂では、お栄は大井川《おおい》を北上した中川根村《なかかわね》の生まれらしい。

常吉ははじめ、お栄に関心を払わなかった。お栄は見るからに垢抜《あか》けない女だ。目と目の離れた扁平な顔は、お義理にも美人とは言いがたい。緩慢な動作は見ていてじれったくなるほどだし、表情の乏《とぼ》しい顔は、愛想もなく、男好きもしなかった。

廓女郎《くるわ》なら客が来るのを待っていればいい。招女は街道へ出て客を引かなければならない。お栄に果たして招女が務まるのか。

常吉はだが、似《に》たような女を何人も見ていた。よくしたもので、垢抜けない女に限ってひと月もしないうちに厚顔なやり手招女に変貌する。お栄もなんとかやってゆくだろうと思っていたのだが……半年経《た》っても、お栄は一向に変わらなかった。

ちっ。こっちがやきもきすらあ——。

巨体をゆすって嘆息したのは、いつしかお栄を特別な目で見ていたからだ。

「おう、常。ここいらで一服しざあ」

峠まであと一歩のところで、相方の勘太が足を止めた。

「ぐずぐずしてると日が暮れるぜ」

「かまうもんか」

勘太の魂胆は見え透《す》いている。人のいないところで駕籠《かご》を止め、客を困らせて酒手《さかて》をねだろうというのだ。

二人は「雲助《くもすけ》」である。

雲助は街道を稼ぎ場とする日雇い人足のことで、もとはといえば無宿者の寄せ集めだ。貞享《じょうきょう》二年（一六八五）のお触れ以降、宿場ごとに雲助宿が設けられ、人足として人別帳に記載されるようになった。が、気性が荒く、酒飲みの上に大食らいで、しかも法外な駄賃を吹っかけたり酒手をねだったりとかく評判のよくない雲助は、街道沿いの人々から白い目で見られていた。

二人はよっこらせと掛け声をかけ、道端に駕籠を下ろした。

「お、おい。どうしたんじゃ」

駕籠のなかの旅人が泡を食って抗議をする。旅人は大店《おおだな》の主らしい。見るからに銭のありそうな老人である。

「急いでおると言うたはずじゃ。こんなところで休まれては困る」

困惑顔の旅人を、勘太はにやにやしながら見返した。

「すまねえな旦那。ここらでひと息いれるなぁ、あっしらの決まりなんでさあ」

「そんなことは聞いとらんぞ」

「おや、言ったような気がするが」

「いいから急いでやってくれ。先方が待ちかねておるのだ」

勘太は肩をすくめた。

「いやならここで降りて歩いてもらったっていいんだ。こっからが難儀な坂だが」

勘太に目配せされ、常吉も口裏を合わせる。

「旦那。酒手をはずんでくれる気があるんなら、あっしがこいつを説き伏せますぜ。そうすりゃあ休みなしで突っ走る。先方を待たせることもねえ」

要するに、たかりである。旅人は憤然としたものの、赤銅《しゃくどう》色に焼けた裸体と腕に盛り上がる力こぶを見て、逆《さか》らう気力を失った。常吉と並ぶと勘太は小兵《こひょう》だが、勘太にしても、並みの男に比べれば筋骨隆々としている。

夕闇が迫っていた。峠のてっぺんで放り出されてはかなわない。

旅人から過分の酒手を受け取ると、常吉と勘太は再びえっこらしょと駕籠を担《かつ》いだ。威勢のよい掛け声とともに、金谷宿目指して一気に坂を下る。

勘太は上機嫌だった。が、常吉の腹には重苦しいものがつかえていた。

以前の常吉なら、この程度の悪さなどなんとも思わなかった。小夜の雲助は箱根《はこね》の雲助と並んで気が荒いことで知られている。常吉も雲助になったばかりの数年は、したい放題悪さをしまくった。

街道の人足は問屋場《といやば》から仕事を請《う》け負う。荷担ぎは一人五貫目と相場が決まっていた。たとえば長持ちなら、重さにかかわらず一棹《さお》三十貫目と計算する。つまり六人掛かりの荷物である。これを二人で担げば、一人で三人分の銭が手に入る。

長持ち担ぎは古参の役で、常吉のような中堅にはまわってこない。中堅は駕籠担ぎが専門だ。四人掛けの山駕籠を二人で担いで、二人分の駄賃を得ることもあったが、たいがいは二人掛けの宿駕籠だ。それだけでは旨《うま》い汁にはありつけない。

中堅の下には、平人《ひらびと》と呼ばれる新参者がいた。平人は一人掛かりの具足《ぐそく》駕籠や提灯《ちょうちん》駕籠しか担がせてもらえない。常吉が盛んに悪さをしたのは平人の頃で、問屋場を通さず、もぐりで客を取り、法外な酒手をねだったものである。

ここまで落ちぶれたんだ。怖《こわ》いものなんぞあるもんか――。

あの頃は開き直っていた。

身寄りもない。家もない。図体ばかり大きく、子供の頃から「でくのぼう」と蔑《さげす》まれてきた常吉である。褌《ふんどし》ひとつの身軽さは、屈辱さえ乗り越えればいっそ心地よかった。

荷を担いで汗を流したあとは、酒を浴びるほど飲む。でなければ博打《ばくち》に興《きょう》ずるか、女を買うか。あとは寝るだけのその日暮らしは、常吉の性《しょう》に合っていた。

その常吉が、なぜか近頃では悪さをするたびに後ろめたい気分になる。

「おめえにすごまれりゃあ、だれも逆らえねえ。へへ、常、また組もうぜ」

旅人を金谷宿の旅籠《はたご》まで送り届け、宿場のはずれにある雲助宿へ戻ると、勘太は常吉に目配せをした。

「さてと、一杯やらざあ」

「いや、今夜はやめとく。ちょいと出てくらあ」

勘太の誘いを断わって、常吉は着替えをすませた。よほどの寒さでない限り、雲助は褌一丁だ。そのままの恰好《かっこう》ではどこへも行けない。

金谷宿は大井川の渡河場でもあった。狭い宿場内に旅籠や木賃《きちん》宿がひしめいている。

雲助宿を出ると、常吉は河原《かわら》町の路地裏の木賃宿を覗いた。

だだっ広い部屋は、今宵も、うらぶれた旅人の群れに埋めつくされている。布団《ふとん》に横になっている者は数えるほどで、大半はむき出しの板床の上にごろ寝をしていた。布団代を節約するためだ。

宿賃が安価で儲けが薄い分、木賃宿は手間いらずだ。布団を貸せば布団代、自炊用の鍋釜を貸せば使用料が入る。かつかつだが、ま、人手がかからねえから、なんとか食べていけらあ——主の嘉助《かすけ》は口ぐせのように言っている。

嘉助も昨年まで雲助だった。常吉と組んで駕籠を担ぎ、強請《ゆすり》まがいの悪さをしたこともある。いつの間にか銭を溜め込み、木賃宿を買い取った。

重い荷を担いで急坂を昇り降りする雲助は、四十半ばからせいぜい五十までがいいところだ。手まわしのいい者は、それまでに家を買って小商《こあきな》いをはじめる。でなければ、木賃宿や馬宿の主に納まる。嘉助もその一人である。

おいらもぼちぼち考えにゃあなるめえな——。

これまでの常吉は、先行きを考える仲間を鼻で笑っていた。おいらは雲助だ。先のことなど知るもんか。銭がなくなりゃ、のたれ死にするだけさ。

ところがここへきて、地に足がついた暮らしへ目が向くようになった。なぜだろう。三十半ばを過ぎたからか。それとも……。

お栄の茫洋《ぼうよう》とした顔が浮かぶ。

嘉助は宿にも裏手の住まいにもいなかった。飯でも食いに行っているらしい。

そういえば腹が空《す》いていた。表通りの一膳飯屋に立ち寄り、飯を食う。飯のあと、安酒をあおりながらふと思った。

嬶《かかあ》をもらってちっこい店でもはじめるのも、悪かぁねえな——。

腹のなかでつぶやき、自分のその考えにおどろく。

飯屋を出た。腹がふくれ、酒が入ると、足は自然に不動《ふどう》橋の裏手の招女小屋へ向かっていた。

招女には招女の規律がある。道端の木陰やお堂のなかなどでてっとり早く稼ぐ女は「奴《やっこ》」と蔑まれ、招女の仲間からはじき出される。招女は小屋へ客を引き込むのが鉄則で、代金も二百文と決まっていた。廓女郎や飯盛女郎のように店に縛られることがない代わり、束《たば》ねの貸元に上納金を納めている。

路地の入口に立って、常吉は思案した。

銭が入るたびに、常吉は金谷宿や日坂宿、ときには掛川《かけがわ》宿まで足をのばして、奴や招女を買う。格別、馴染《なじ》みの女がいるわけではなかった。これまでお栄を買おうと思ったことは一度もない。この夜はだが、なぜかお栄の面影が頭から離れなかった。

まだ宵の口だ。お栄は客引きが下手《へた》だ。今頃は街道で客を漁《あさ》っている頃だろう。まごまごしているうちに仲間に客を横取りされ、所在なく道端にたたずんでいるお栄の姿が見えるような気がした。

いないと思うと、残念でもあり気楽でもあった。妙な気分である。

路地を入ってゆくと、左右に並ぶ筵《むしろ》掛けの掘っ建て小屋から、露骨な物音や喘ぎ声がもれてきた。ときおり暗がりから手が伸び、袖を引く。時間が早いので、招女の数は少ない。

お栄の小屋はおみねの小屋の筋向かいにある。今夜はおみねにしよう、と、常吉は思った。おみねは二、三度買ったことがある。色が浅黒く、痘痕《あばた》の跡があるのは難だが、器量は十人並みで、床あしらいもうまい。おみねは売れっ子で、今頃はたいがい小屋にいる。

お栄の小屋の前を通り過ぎようとして、常吉は「おや」と足を止めた。

破れ筵の隙間から仄《ほの》かな灯《あかり》がもれていた。それらしき物音も聞こえている。

客だ――。

招女の小屋に客がいるのは当たり前。別段おどろくにはあたらない。わかっているはずだったが、常吉は息を呑んだ。

とっさに、暗がりに身をひそめる。胸がざわめいていた。

様子をうかがっていると、男が出て来た。名は知らないが、渡し場でときおり顔を合わせる川越《かわごし》人足だ。男の後からお栄も表へ出て来た。愛想を言うわけでもなく、また来ておくれと哀願するわけでもない。そっけなく客を見送る。男は振り向きもせず、そそくさと去って行った。

常吉は棒立ちになった。食い入るようにお栄を見つめる。

お栄は、見るからにけだるげだった。髷《まげ》がゆるみ、後《おく》れ毛が頬にかかっている。眸がうるみ、目元と喉元がほんのり上気していた。路地へこぼれた灰明かりが、はだけた胸元をはっとするほど白く浮き上がらせ、そこについた指の跡をなまめかしく際《きわ》立《だ》たせている。

お栄は醜くも泥臭くもなかった。それどころか美しかった。

常吉はもぞもぞと身動きをした。と、その気配に、お栄は暗がりを透かし見た。燃える目で常吉を見返す。先客が帰るのを待っていたと思ったのか、お栄は常吉が近づいて来るのをじっと待っていた。

お栄を買うのは簡単だった。言葉はいらない。二百文握らせるだけでよかった。お栄は労せずして二人目の客にありつく。常吉は、なんとなく心にひっかかっていた女を抱き、欲望を満たす。

突然、常吉は突き上げるような衝動を感じた。が、次の瞬間、意に反して、はじかれたように顔をそむけた。無我夢中で暗がりから飛び出し、おみねの小屋へ駆け込む。肚《はら》の底に荒々しいものが渦《うず》巻き、どうしても抑《おさ》えられなかった。

おみねの小屋には先客がいた。常吉は先客の尻を力いっぱい蹴飛ばした。おみねは悲鳴を上げた。先客は見るからに優男《やさおとこ》で、常吉の巨体を見ると恐れをなして逃げ出した。男の着物を表へ放り投げ、常吉は強引におみねを組み敷く。

「なにすんのさ。ひどいじゃないか」

おみねは金切り声を上げた。銭を押しつけると、表情を和《やわ》らげたものの、

「痛いじゃないか。離しとくれよ」

なおも逃れようと身をよじった。

余分に百文握らせ、常吉はあわただしくおみねに体を重ねる。

銭の効果は絶大だった。おみねは体の力を抜いた。

「どうしたってのさ。まるで盛りのついた犬ころみたいじゃないか。ふふ……あわてなくたってたっぷり相手をしてやるよ。銭の分だけはね」

とたんに媚を含んだ声音《こわね》になって、常吉の首っ玉にしがみつく。

おみねの言葉など、常吉は聞いていなかった。体の昂《たかぶ》りが嘘のように、心は急速に冷えていた。

四半刻（約三十分）ほどしておみねの小屋を出ると、お栄が小屋の前に立っていた。咎《とが》めるような目で常吉を見つめている。

お栄は美しくもなく、なまめかしくもなかった。食指もそそらない。飛び方を忘れて空から落ちた小鳥のように、か弱く、寂しげに見えた。

常吉は巨体をちぢめ、顔をそむけたまま、お栄の前を通りすぎた。

早足で街道へ出る。冴え冴えとした月光が足元を照らしていた。暗がりから、奴が客を誘う声が聞こえている。

しばらく歩いたところで、常吉は雷に打たれたように足を止めた。

なぜあのとき、お栄に声をかけなかったのか。なぜ、逃げ出したのか。ようやくわかった。

雲助は、招女に恋をしていた。

二

常吉は目をみはった。

お栄が日坂宿の飯盛女郎を突き飛ばした。旅人の体にまといつく。

飯盛女郎はおかつという名で、嘉助が以前、馴染みにしていた女だ。貧相な顔をしているが、気性は激しい。案《あん》の定《じょう》、おかつはお栄に食ってかかった。

「ちくしょう。横取りされてたまるか」

お栄の腕をつかみ、押し退けようとする。お栄はその手を振り払い、向こう脛《ずね》を蹴り上げた。

「いたっ。なにすんのさ」

「それはこっちの台詞《せりふ》だろ」

「なんだと、このアマ」

おかつがお栄の髪を引っぱる。お栄がおかつの頬を張り飛ばす。あきれた旅人が逃げ出したあとも、二人は取っ組み合いを止めなかった。

「おい、常。見ほれてる場合じゃねえ。急げ」

勘太が肩越しに怒鳴った。

「へえ」

常吉は首をすくめた。

「お栄もいっぱしの招女になったってぇわけだ。えっほ」

「えいほ」

「あの面《つら》でよ、こんとこけっこう売れっ子だというぜ。えっほ」

「えいほ」

常吉の掛け声には力がない。

常吉がお栄を買い損《そこ》ねたのは、真夏の夜だった。峠を渡る風にはもう秋の気配が忍び込んでいる。あれからひと月、「あの面」と蔑みながら、勘太は一度ならず、お栄を買っているらしい。

そのことに、こだわりはなかった。招女は客を取るのが生業《なりわい》だ。お栄がだれと寝ようがとやかく言う権利がないことくらい、常吉とて承知していた。第一、お栄は、常吉が自分に惚れていることを知らない。

峠へ差しかかる手前で、勘太は足をゆるめた。

「ここいらでそろそろ」

たかりをしようというのだ。

常吉はしぶしぶうなずいた。気は進まないが、独り立ちするには銭が要《い》る。銭がなければ、お栄に心の丈《たけ》を打ち明けるわけにはいかない。お栄はいつまでも招女のままでいるしかない。

「おう。一服といかざあ」

相槌《あいづち》を打ったときである。石礫《つぶて》が飛んで来て、勘太の肩先にあたった。「うっ」と呻《うめ》いた拍子に駕籠がかしぐ。と、今度は常吉の右腕に礫があたった。二人は立ち往生した。駕籠のなかで、旅人が息を呑む。

「おい。見ろ」

勘太は顎《あご》をしゃくった。

道端の木立の陰に痩《や》せこけた男が立っていた。よれよれの野袴に紋付き羽織といういでたちは、下級藩士か浪人者か。手甲脚絆《てっこうきゃはん》をつけ、革草鞋《わらじ》を履《は》いている。総髪をざんばらに乱し、抜刀した刀をにぎりしめているところを見ると、仇《かたき》討ちらしい。男の双眸には、狂気の影がゆらいでいた。

「見つけたぞ、佐伯市兵衛《さえきいちべえ》」

男は、駕籠のなかの旅人に向かって叫んだ。

旅人も路上へ降り立つ。刀の鯉口《こいぐち》を切った。

「逆恨みだ、与左衛門《よざえもん》。わしを斬れば、おぬしも無事ではすまぬぞ」

「ふふ……どうせ捨てた命だ」

「こしゃくな奴め。斬れるものなら斬ってみろ」

二人はにらみ合った。互いを殪《たお》すことに夢中で、雲助の存在など忘れているらしい。

「常。逃げろ」

勘太と常吉は、暴漢のいる草むらとは反対側の林のなかへ飛び込んだ。藪《やぶ》をかき分け、木の根に足をとられながら、息がつづく限り走る。

「兄い。ここまでは追っかけちゃあ来めえ」

「ああ。ここいらで、様子を見るか」

天下の街道である。夕暮れどきで旅人の数が少ないとはいえ、往来がまったくないわけではない。招女や飯盛女郎もうろついている。通りすがりのだれかが代官所へ知らせさえすれば、仇討ち騒ぎはすぐにけりがつくはずだった。

二人は藪陰にへたり込んだ。息をあえがせ、胸の動悸を鎮める。

「それにしても、とんだ災難だぜ」

蒼《あお》ざめた顔で勘太がつぶやいた。

「逆恨みとか言ってたっけな」

「果たし状もねえのに仇討ちをやらかそうってんだ。むちゃな野郎だぜ」

「死に物狂いでかかってこられちゃあ、ひとたまりもねえ」常吉も眉をひそめた。「駕籠の侍に加勢してやりゃあよかったかな」

「ばか。束《たば》になったってかなうもんか。こういうときは逃げるに限る」

半刻ほど身をひそめ、二人は恐る恐る街道へ戻った。

とっぷり日が暮れていた。月光を頼りにあたりを見まわす。道端に置き捨てられた駕籠があった。が、人影はない。

果たし合いがどうなったか気がかりだったが、駕籠を宿へ戻した上で、代官所へ赴《おもむ》いて訊《たず》ねてみることにした。

「おう、行かざあ」

勘太にうながされ、常吉は駕籠の後方へまわり込んだ。担ごうとして、目をみはる。

「兄い。見ろ」

駕籠の陰に血だまりがあった。点々と、雑木林のなかまでつづいている。林のなかを覗くと旅人の骸《むくろ》があった。膾《なます》のように斬りきざまれた無残な姿である。

暴漢は目的を果たし、人が来る前に骸を林のなかに投げ捨てて姿を晦《くら》ましたのだ。

勘太と常吉は顔を見合わせた。足がふるえている。心の臓が今にも飛び出しそうだ。

「ちっ。どっちへ行きやがったんだ」

帰り道でばったり出会いでもしたら一大事だ。といって、考えたところで、暴漢の行き先などわかろうはずがない。

「しかたがねえ。金谷へ戻るか」

空の駕籠を担ぎ上げ、坂を下る。日坂の飯盛女郎は日没前に引き上げていたが、招女の姿はまだちらほらしていた。

おや――。

帰り道で、常吉は首をかしげた。

お栄の姿がなかった。客を捕まえ、早々と小屋へ引き込んだのか。近頃、招女稼業が板についてきたようだが……それにしても、ずいぶん今宵は手早い。

ふっと不吉な予感につかれた。

暴漢が金谷宿の方角へ逃げたとすれば、真っ先に出会うのはお栄とおかつである。二人に袖を引かれる。暴漢はどうする？　人を斬ったあとの昂りを、女を抱くことで鎮めようとはしないだろうか。

いや、その前に、人を斬り殺した男が、旅籠や木賃宿に泊まるとは思えない。その点、招女の小屋は、身をひそめるには恰好の場所である。

不動橋の手前で、おみねに出会った。

「お栄を知らねえか」

勢い込んで訊ねると、おみねは眉をひそめた。

「とうに客を引き込んでるよ」

先を越されたのが悔しいのか、ぞんざいな口調である。

「どんな男だ」

「おや、おまえさん、いつからお栄の馴染みになったんだい」

おみねはふんと鼻を鳴らした。

「そんなんじゃあねえや」

「だったらやぼな詮索《せんさく》はお止めよ」

常吉は勘太を呼び止め、駕籠を下ろした。おみねの腕をつかむ。

「もしや、ざんばら髪の痩せこけた浪人じゃあ、ねえだろうな」

おみねは目を丸くした。

「へえ。おまえさんの知り合いかい」

常吉と勘太は顔を見合わせる。

「二本差に羽織袴の……」

「顎がとんがって、目がぎらついた……」

口々に訊ねると、おみねは二人の顔を見比べた。けげんな顔になって、

「どうしたのさ。二人ともへんな顔して」

「つい今しがた、あいつは峠で人を斬り殺したんだ」

おみねはひっと喉を鳴らした。

「そういやぁ、なんだか薄気味悪い男だった。お栄に引っぱられ、上の空で歩いて来たんだ。あたいなら、あんな奴、銭を積まれてもごめんだね」

首をすくめた。もちろん嘘だ。一文でも余分に銭が入るなら、人殺しだろうが大盗人だろうが、おみねは気にかけない。

「ここんとこ、お栄はやけにはりきってさ。なんとしてもこの稼業から足を洗いたいと、夢みたいなことを口走るのさ。惚れた男でも出来たのかい、と、からかうと、出来たけどフラレたと泣きやがる。それで自棄《やけ》になって、だれでも彼でも引き込むことにしたんだろ」

おみねはなおもまくしたてている。常吉は上の空だった。

お栄が危ない——。

暴漢はおそらく川越をして逃げ延びる気でいるのだろう。夜明け前には、お栄の小屋を出るはずだ。行きがけの駄賃に、お栄の口を封じようとするかもしれない。

「おい。常。どこへ行く?」

勘太が叫んだときはもう、常吉は駆け出していた。

「あっしらにゃあ手におえねえ。代官所へ知らせるんだ。おい、常、待て」

常吉は勘太の忠告を聞き流した。

役人など当てにならない。招女は街道の風紀を乱すとして、役人から目の仇にされていた。お栄が死のうが生きようが、彼らにとっては虫けら一匹ほどの価値もないのだ。暴漢がお栄を楯に取って逃げ延びようとすれば、役人はお栄もろとも暴漢を成敗しようとするだろう。

そもそも常吉が無宿者になったきっかけも役人だった。妹を手込めにした役人を訴え出たところ、反対にあらぬ罪をかぶせられ、村を追われた。風の便りに妹が首をくって死んだと聞いたのは、その翌年である。

役人はいけねえ――。

常吉はむきになっていた。橋を渡り、路地を駆けぬける。

「お栄っ」

考える余裕もないまま、小屋へ飛び込んだ。

お栄はいなかった。男の姿もない。小屋のなかには安物の魚油の、鼻のもげそうな匂いがたちこめていた。淡い火影《ほかげ》に照らされ、荒筵と粗末な夜具が浮き上がっている。目を凝《こ》らして見ると、入口の筵の上に血痕がこびりついていた。

やはり、暴漢はここにいた！

お栄を脅して、道連れにしたのではないか。

どこへ逃げやがった――。

この時刻、川越は出来ない。東海道を引き返した形跡もない。となると、大井川に沿って北へ向かい、川根から渓谷を越えて信州へ抜けようというのか。それとも片浜《かたはま》へ出て、海縁《うみべり》の道を江戸、もしくは上方へ向かおうというのか。どちらにしても、まだそんなに遠くへ行ってはいないはずだ。

「おい。お栄を見なかったか」

「さあ、見ないねえ」

「浪人者と一緒にいたはずだが、知らねえか」

「あたいが知るわけないだろ」

招女たちに聞いてまわったが、皆稼ぎに忙しく、競争相手のことなど目に留める暇はないと口をそろえた。

「お栄なら、川会所《かわかいしょ》の方へ行くのを見たぜ」

常吉に教えたのは、いつかお栄の小屋から出て来るのを見た川越人足だった。

「男と一緒だな」

「そういやぁ、うらぶれたなりをした浪人者が一緒だった」

川会所へ出る手前の道を左に折れれば藁科《わらしな》街道へ出る。お栄は、川根村のさらに奥地の中川根村の生まれだ。暴漢を勝手知ったる道へ誘い込み、首尾よく逃げ出そうという魂胆ではないか。

行き先がわかれば、あとはこっちのものである。

相手は手練《てだれ》だ。人を斬り殺している。面と向かえば勝ち目はないが、山道は暗い。油断しているところを背後から襲えば、常吉にも勝算はあった。万が一、反撃を受けたとしても、人を膾にした刀は切れ味がなまっているはずだ。それなら、勝負は素手と素手。巨体の雲助に怖いものはなかった。

川辺の杭《くい》を引き抜き、棍棒代わりに握りしめて、常吉は道を急いだ。

仕事がら足腰には自信がある。雲助が女連れの暴漢に追いつくのに、さほどときはかからなかった。

宿を出て山道にさしかかったところで、常吉は二人を見つけた。息を呑む。ひょろりとした男と小柄で痩せた女が、前方の暗闇を寄り添うように歩いていた。

たじろいだのは、男の手ではなくお栄の手がかばうように男の腰にまわされていたからだ。手傷を負っているのか、男は足をひきずっている。お栄は励ますように、絶え間なくなにごとかささやいていた。

へっ、お栄のやつ、肝がすわっていやがる——。

常吉は、狂気を宿した男の眸を思い出していた。暴漢を怒らせぬよう従順な素振りを装っているとしたら、お栄もなかなかの玉である。鈍《どん》臭く垢抜けない女だと思い込んでいたのは案外まちがいだったかもしれない。

足音を忍ばせ、二人の背後に歩み寄る。暴漢の頭上に一撃を見舞おうと杭を振り上げたときだった。

お栄が振り向いた。目をみはり、悲鳴を上げる。その声に男が振り向き、刀の柄《つか》に手をやった。お栄は、男をかばうように、常吉の眼前に立ちふさがった。

常吉はあっけにとられた。おどろきのあまり杭を振り下ろすのを忘れ、暴漢とお栄を見比べる。

「あんた、逃げて」

絶句している常吉を尻目に、お栄は叫んだ。

刀の柄に手を置いたまま、男は思案した。先を急ぐか、常吉を斬ってから逃げるか、考えているのだ。

「こいつのことなら、あたいがなんとかする。さ、早く」

常吉はちょっとやそっとでは殪《たお》れそうにない巨体である。振りかざした両の腕の力こぶを見て、男は踵《きびす》を返し、足早に逃げ去った。

常吉は荒い息をつき、杭を下ろした。

お栄は、男を「あんた」と呼んだ——。ふっと思い出し、けげんな思いにとらわれたものの、そのことを問いただす余裕はなかった。

いつ、暴漢の気が変わらぬともかぎらない。お栄を取り戻したのだ。まずは安全な場所へ逃げ込むことが先決である。

「さ、行かざあ」

常吉はお栄の手をつかもうとした。

お栄は素早く引っ込めた。一、二歩、後ずさりをする。

「どうした。ぐずぐずしてるとあぶねえぞ」

お栄は男の後ろ姿にちらりと目をやった。

「あの人を、見逃して」

常吉は目をみはった。

「弟を殺され、しかたなく仇討ちしたんだって」

「あいつがそう言ったのか」

お栄はうなずく。じれったくなるほど無垢《むく》な目の色だった。

「お願いだ。見逃しとくれよ」

「そ、そりゃあまあ……。あいつのこたぁどうでもいい。そんなことより、逃げざあ」

常吉はお栄をうながした。が、お栄は動こうとしなかった。

「あたいは……あの人と行くよ」

常吉は石で頭を殴られたかと思った。

「おめえ、あいつの知り合いか」

お栄は首を横に振る。後ろを振り向き、遠ざかる男の姿を見て駆け出そうとした。

「ま、待て。知り合いでもねえのになんで？」

お栄は常吉の眸を見返した。

「あの人はあたいに、一緒に来てくれ、と、言ったんだ」

「そんななぁ、逃げ延びる口実だ」

「けど、男の人から、そんなこと言われたの、あたい、はじめてだもん」

雲助は商売柄、おかしな人物に出会うことがある。おどろくことはしょっちゅうだ。だがこれほどおどろいたのははじめてだった。

常吉は狼狽《ろうばい》した。お栄をみすみす暴漢のもとへ行かせるわけにはいかない。

「そんなら言うが、おいらもずっと前からおめえに惚れていたんだ。一緒に来てくれ」

腕をつかもうとした。

お栄はぱっと飛びのいた。

「嘘」

「嘘なもんか」

「嘘だ。あたいだって、ほんとはあんたを……。けど、あんたは一度だって、あたいを買わなかった」

常吉は呆然とお栄の顔を見返した。お栄の顔は醜くゆがんでいた。

買わなかったのは、おめえに惚れていたからじゃあねえか――。

言いかけたときはもう、お栄は一目散に駆け出していた。

追いかけようとした。が、なぜか足が動かなかった。

雲間から顔を出した月が、もつれ合うように遠ざかってゆく男女の姿を、影絵のように照らし出している。

三

裸の背に寒風が突き刺さる。そろそろ半纏《はんてん》がほしい季節だ。

ざわつく木々の上空は茜《あかね》色に染まっていた。

「おう。ここいらでひと息……」

前を行く常吉が、後ろの長助《ちょうすけ》に声をかける。長助はこの秋に平人から昇格したばかりの雲助だ。力士くずれというだけあって、常吉に負けない体軀の持ち主である。

「へへへ、そいつは名案だ」

待ってましたとばかり、長助はこたえた。

「えっこらせ」

掛け声とともに、二人は駕籠を道端に下ろした。

「ちょいと。どうしたのさ」

駕籠のなかの女が、当惑顔で訊ねた。

「悪いが、このあたりでひと息いれることになっていましてね」

常吉がへらへら笑いながらこたえる。

「そんなこと、あたしゃ、聞いてませんよ」

「おや、おかしいな。そうですかい」

常吉がとぼけると、長助はたわしのような手をぬっと突き出した。

「急げというんなら、急がねえこともねえが。それにはちょいとばかし、酒手をいただかねえと……」

女からまんまと酒手をせしめ、二人は再び駕籠を担いだ。

金谷宿に向かって坂を下ってゆく。招女と宿場女郎が、毎度のように客を取り合っていた。

「そういやぁ兄い。例の野郎がお縄になった。高札が出たそうですぜ」

長助が声を張り上げる。

「例の野郎?」

「ほれ、秋口に招女が蕪科へ抜ける手前の山道で殺された。あんときの浪人者でさあ」

常吉ははっと顔色を変えた。

「商人《あきんど》に化けて川越しようとしてとっつかまったとか。余罪がずいぶんあるってえから、根っからの悪党だ。江戸へ送られ、獄門になるってぇ噂ですぜ」

「…………」

「それにしても、あの招女、貧乏くじを引いたもんだ。たまたま客をつかまえたと思ったら、そいつが悪党だった。無理やり道案内をさせられ、あげく斬り殺されるたぁ、よほど運のねえ女でさぁね」

長助は得々《とくとく》としてしゃべっている。

常吉は吐息をもらした。長助のおしゃべりを断《た》ち切るように、「えっほ」と声を張り上げる。

お栄の非業の死は、苦い思い出だった。今さら思い出したくなかったが、いったん呼びさまされた記憶は簡単には消えなかった。

常吉を振り捨てて暴漢を選んだお栄は、虫けらのように惨殺された。常吉があの場から立ち去ってすぐのことにちがいない。暴漢がお栄を殺した理由は簡単だ。用なしになったからだ。だが、逃げようと思えば逃げられたお栄が、なぜ暴漢について行く気になったのか、常吉はいまだにわからなかった。

あの男は、たった一度お栄の体を買い、一緒に来てくれと心にもない言葉を口にしただけだ。ひっかかるとは、お栄はよほどのお人よし――いや、お人よしを通り越して、ばかだとしか言いようがない。それとも、なにかもっと深い考えがあったのか。

美しくもなく愛嬌もない。堕《お》ちるところまで堕ち、それでも銭を溜めて這い上がろうとしていたお栄が、男の甘言にふっと騙《だま》されてみたくなったというなら、わからなくもなかったが……。

「そういやぁ、昨夜、嘉助どんが来てたっけな」

常吉が話に乗ってこないので、長助は話題を変えた。

嘉助は、常吉の将来のことを案じて、わざわざ来てくれたのである。木賃宿か馬宿をやる気があるんなら相談に乗ってやってもいいと持ちかけたのに、常吉は、「余計な心配はいらねえ」と追い返した。

「兄いはよ、どうするつもりだい」

「どうするって？」

「ずっと駕籠かき、ってわけにゃあいかねえだろ」

常吉はふんと鼻を鳴らした。

「なるようにならあ。おいらは雲助だ。先のことなど知るもんか」

えっほ、えいほ、えっほ、えいほ……二人は威勢のよい掛け声をかけ合いながら、一気に坂を下る。

「おい。酒手をたっぷりちょうだいしたんだ。宿へ戻ったら、一杯やろうぜ」

常吉は威勢よく言った。不自然なほどはずんだ声だ。

酒でも飲まにゃあ、やってらんねえや——。

この世はわからないことだらけだ。とりわけ、女の気持ちはわからない。

夕陽が背を焼いている。

赤く燃える背とは対照的に、常吉の顔は影のなかに沈んでいた。

旅役者

一

厨《くりや》を覗《のぞ》き、杢兵衛《もくべえ》は「おや」と足を止めた。

戦場さながらの騒ぎである。煮炊《にた》きの音や膳《ぜん》を運ぶ音にまじって、供 侍《ともざむらい》の談笑が飛び交《か》う。湯気がもうもうと立ちのぼるなかを、女中たちがせわしげに立ち働いている。

その男も、喧騒《けんそう》のなかにいた。

板間のとっつきにあぐらをかき、供侍の末尾に連なって、かぶりつくように夕餉《ゆうげ》をかき込んでいる。埃《ほこり》まみれの小袖《こそで》に裁《た》っ着《つ》け袴《ばかま》、奴髷《やっこまげ》に革足袋《かわたび》という恰好《かっこう》は、領国から供をしてきた小者《こもの》のようにも見えるし、街道で雇い入れた俄《にわか》仕立ての中間《ちゅうげん》のようにも見える。

年齢《とし》はおそらく二十代の半ばだろう。体つきはやせ型。細面《ほそおもて》で目鼻の整った品のいい顔だちだが、顔色が悪い。青黒く精彩がない肌は、飯碗《めしわん》を持つ手の白さと好対照をなしている。だからといって、陰気くさいとか、気弱そうな、といった印象はなかった。よく動く目と唇に愛嬌がある。いかにも人好きのする男だ。

「あれは……」

だれかね、と女中に訊《たず》ねようとして、杢兵衛は言葉を呑み込んだ。

ここは、東海道の三島《みしま》宿にある世古本陣《せこほんじん》である。

本陣とは、大名家や幕閣の重臣、勅使などを泊めるための旅籠《はたご》だ。東海道を大名行列が通るのは、年に六十から七十回。そのなかで三島宿に宿を取るものが、おおよそ四十。大半は気候のよい春と秋に集中する。ことに春から初夏にかけての季節は参勤交代がひきもきらず、本陣は猫の手も借りたい忙しさだった。

三月初旬のこの日は、紀州《きしゅう》家の行列を迎えている。殿様をはじめ重臣や近侍の家来衆は本陣に泊まっていた。あぶれた家臣のなかで、身分の高い者は脇本陣に宿を取る。残りは周囲の旅籠に分宿していた。紀州家の大名行列ともなると、本陣のまわりは旅籠も木賃《きちん》宿も満杯である。

いちどきに押しかけ、一夜にして嵐のように去ってゆく一行である。むろん、この日のために臨時雇いの下男《げなん》や女中をかき集めてはいるが、それでも手が足りない。夕飯どきともなれば厨は混乱の極《きわ》みとなる。客の顔などいちいち見ている暇はない。それを見越してちゃっかり一行に紛《まぎ》れ込み、飯の相伴《しょうばん》にあずかる不届きな輩《やから》が、必ず一人や二人あらわれる。

こやつも、おそらく――。

李兵衛は眉をひそめた。不審な素振りは見えないが、長年の勘である。李兵衛はひそかに男を観察した。

タダ飯食いはたいがい、あわただしく飯をかき込んで、こそこそ去ってゆく。だが、この男は違っていた。箸《はし》を置いても、席を立たない。白湯《さゆ》を運んできた女中をからかい、隣りの侍に話しかける。ほんのひと言ふた言で、侍は笑いころげた。笑い声に、まわりの侍たちもなにごとかと集まってきた。男は身振り手振りよろしく、なにやら熱弁をふるいはじめた。一同は聞きほれ、うなずき、肘《ひじ》をついて笑い合う。

タダ飯食いにしては、豪胆な男だ。周囲の注目が集まっていることに、酔いしれているらしい。目ん玉をくるりとまわしたり、大見得《おおみえ》を切ったり……板間はいつしか男の独演場になっていた。

本陣という看板にしがみついてはいるものの、世古本陣の台所は火の車である。一粒たりと余分な米はない。

李兵衛は憮然《ぶぜん》として、男の方へ足を踏み出そうとした。そのとき、はっと気づいた。

こやつは……旅役者——。

間違いない。手の白さと不釣り合いな青黒い顔、あれは化粧焼けだ。なぜすぐに気づかなかったのか。

あらためて眺めると、着衣こそ中間ふうだが、男は風貌から身のこなしまで、役者然としていた。しなをつくる仕種《しぐさ》や大見得を切る動作は、とうてい素人に真似《まね》できるものではない。

「役者か」

思わず声に出してつぶやいた。

腹立たしさが、すっと消えている。

見逃してやるか——。

李兵衛は苦笑《くしょう》を浮かべた。

歳月を経《へ》ても、色あせぬ記憶がある。

喧騒に背を向けると、李兵衛は奥の間へ戻って行った。

二

「いや。あたしも連れてって」

聞き慣《な》れた女の声がした。

李兵衛ははっと体をこわばらせた。足音を忍ばせ、林のなかを覗く。

思ったとおり、女は世古本陣のひとり娘、おのぶだ。男は……これも予想に違《たが》わず、旅役者の才蔵《さいぞう》である。

おのぶは椎《しい》の大樹《たいじゅ》へ背をもたせかけていた。才蔵はおおいかぶさるような恰好で、おのぶの顔を覗き込んでいる。

李兵衛の頭に血がのぼった。飛び出そうと逸《はや》る心を懸命に堪《こら》える。

「お願い、うんと言って」

おのぶは一心に才蔵の眸《ひとみ》を見つめていた。声は甘く、切ない。

――ごきげんよう、おっ母さんの具合はどう。

李兵衛の母は長患《ながわずら》いで寝込んでいる。道で出会えば、おのぶは必ず李兵衛に母親の病状を訊ねる。そのおのぶの声とは、まるで別人だ。

「ねえ、才蔵さん」

おのぶは男の腕に手をかけた。

「けどよ……」才蔵は太い息を吐き出した。「おめえさんは本陣の跡取《あとと》り娘じゃねえか。家ほっぽって、逃げ出すってわけにゃあいくめえ」

「いいの。いいんだ、家なんかどうだって」

「そうは言うが、あとんなって……後悔しやしねえかい」

背を向けているので顔は見えない。が、才蔵の声音《こわね》は苦渋《くじゅう》に満ちていた。

李兵衛は顔をゆがめた。駆け落ちの話が出るほど二人の仲が深まっていたとは知らなかった。

才蔵は人を笑わせるのが得意で、天衣無縫《てんいむほう》を絵に描《か》いたような男である。誰彼なく気さくに声をかけ、顔を合わせれば、李兵衛にも冗談のひとつふたつはいう。女中たちに請《こ》われて芝居の触りを演じてみせることもあり、李兵衛の目から見れば、「お調子者の役者ふぜい」にすぎない。

その才蔵に、「本気」で、おのぶは惚れたというのだろうか。

おのぶの家は本陣である。杢兵衛の家は『駿河屋《するがや》』という屋号の平《ひら》旅籠だ。杢兵衛は二《は》十《た》歳《ち》になる今日まで、憧憬《しょうけい》と羨望を込めて、「世古本陣のおのぶ」を見つめてきた。

才蔵は旅の一座の花形役者だった。三島宿にあらわれたのは二月《ふたつき》ほど前である。

一座は駿河屋に滞在し、その間に、宿場はずれの空《あ》き地《ち》で、「女尺八《おんなしゃくはち》出入《でいり》湊《みなと》黒船《くろふね》忠右《ちゅうえ》衛門《もん》当世姿《とうせいすがた》」という舌を噛みそうな題の芝居を演じた。芝居がはねると、府中《ふちゅう》の浅間《せんげん》神社の興行に出向いた。半月ほどして才蔵はふらりと戻ってきたが、そのときはひとりだった。

「当座の金はある。宿賃を踏み倒すようなことはしねえ」

才蔵は駿河屋の主人で、杢兵衛の父親である庄左衛門《しょうざえもん》に、しばらく置いてくれと頼み込んだ。江戸へ行く前に骨休めをしたいという。

「銭は大事にしなよ」

庄左衛門は安価な宿賃でいいからと、布団部屋を提供した。以前、滞在したとき、才蔵は庄左衛門はじめ使用人たちの心をつかんでいる。ひょうきんなこの男はどこにいても人気者だった。

杢兵衛が聞いたところによると、才蔵は府中で江戸の興行師に声をかけられたとか。江戸で一旗揚《あ》げる気はないか、おまえさんなら見込みがある――その言葉に飛びつき、上方《かみがた》へ向かう一座に別れを告げて、街道を東へ戻った。三島の宿で骨休めをしようと決めたのは、ほんの思いつきだというのだが……。

それがもう、ひと月余り居《い》すわっている。

「おや、あいつ、今日はこざっぱりしたなりをしてるね」

数日前、着たきり雀《すずめ》の才蔵が真新しい小袖を着ていた。不審に思った杢兵衛が女中に訊ねると、

「おのぶさんさ」

女中は意味ありげな忍び笑いをもらした。

「あの二人、怪《あや》しいよ」

杢兵衛は冷水を浴びせかけられたような気がした。

まさか――。

おのぶは由緒ある本陣の娘だ。才蔵は旅役者である。その二人が恋仲になるなど、どうあっても考えられない。

おのぶの家と杢兵衛の家は近所づきあいをしている。大名行列が通った後など、おのぶは大名家からの賜《たまわ》り物だといって、菓子だの酒だの反物《たんもの》だのを届けにくることがあった。

杢兵衛はひそかに観察した。

おのぶは駿河屋へ来ると、だれかを探すような、落ちつきのない目つきをする。才蔵の姿を見ると頰を染めた。たしかにおかしい。

李兵衛はもうひとつ、奇妙なことに気づいた。おのぶが帰ってゆくと、申し合わせたように、才蔵の姿が消えるのである。

やはり女中が言ったことは正しかった。あの二人は惚れ合っている。お調子者の才蔵が出まかせを並べたて、おのぶをくどき落としたに違いない。

李兵衛は矢も楯《たて》もたまらなくなった。

林のなかは薄暗い。李兵衛は眸を凝《こ》らして、二人のやりとりを見守る。

おのぶの顔は上気していた。才蔵を見つめる目が潤《うる》んでいる。

「後悔なんかしやしない」おのぶはきっぱりと言った。「才蔵さんと一緒にいられるんなら、それだけであたし……。ね、一緒に連れてって」

才蔵は李兵衛より、みっつ年上の二十三である。おのぶは十七。そのおのぶが手を伸ばし、才蔵の頰に触れた。焦《じ》れたように体をゆする。すると甘やかな香が流れ、おのぶは娘から突然、女に変身した。

李兵衛はどうしようもなく体が火照《ほて》ってくるのを感じた。飛び出そうになる足を踏んばり、拳《こぶし》を握りしめたそのとき、才蔵が咆哮《ほうこう》のような声をもらした。荒々しくおのぶの体を抱きしめる。おのぶはあえぎをもらした。

これがはじめてではない、おのぶは才蔵に抱かれたことがあるにちがいない。杢兵衛は確信した。番頭に連れられ、吉原宿《よしわら》の廓《くるわ》に行ったことがある。男女のことならひと通りは知っている。

おのぶはおれが心に決めた女だ。役者ふぜいに奪われてたまるか――。

歯ぎしりをする。

おのぶが才蔵に抱かれるところを、指をくわえて見ていられようか。痛めつけ、腕の一、二本へし折ってやる。才蔵は優男《やさおとこ》だ。杢兵衛は頑健で、腕力にも自信があった。才蔵を仕末した上で、おのぶを恣《ほしいまま》にしてやる。

憎悪と欲望が同時にこみ上げ、殺意に形を変えた。

どうせなら、ひと思いに息の根を止めてやろう――。

なにか武器になるものはないかと、あたりを見まわした。足元に石がころがっていた。憑《つ》かれたように拾い上げる。

才蔵とおのぶは貪《むさぼ》るように唇を合わせていた。

今だ、と思ったそのとき、才蔵はおのぶの腕を振りほどいた。

「いけねえ」うめき声をもらし、身を退く。「やっぱしいけねえ。おめえには立派な家がある。おいらは……しがない旅役者だ」

おのぶは射《い》るような目で才蔵を見据《す》えた。

「家なんて……あんな家……」

「罰《ばち》当たりなことを言うもんじゃあねえ。おめえの家は本陣だ。本陣といやぁ、なりたくてなれるもんじゃねえんだぞ。先祖代々の、由緒正しい……」

「由緒書きなんか」おのぶは才蔵の言葉をさえぎった。「あったって、なんの役にも立ちゃしない。世古本陣はね、もう、にっちもさっちもいかないんだ」

おのぶの家の窮状は、李兵衛の耳にも届いていた。

本陣は大名行列があるときだけ華《はな》やいだ活気にあふれる。それ以外は閑古鳥《かんこどり》が鳴いていた。屋根瓦《がわら》は雨漏りがしている。畳はここ数年入れ換《か》えていないので、そそけだっている。茶碗は欠け、夜具は継《つ》ぎ接《は》ぎだらけだ。

本陣の窮状は、なにもおのぶの家に限ったことではなかった。

なまじ由緒があるために、脇本陣とちがって、空き部屋があっても一般の旅人を泊めることができない。その分、大名家がたんまり銭を落としてくれればいいが、そうはいかなかった。徳川の御世となって二百年余りが過ぎた今、大名家の内情はいずこも火の車である。大名家に料金表をつきつけるわけにはいかないので、本陣では下賜《かし》された謝礼を有り難く受け取る。それが五両からせいぜい七両。その他、供侍一人当たり、二百文ほどの食費が入るが、臨時雇いの下男や女中の給金が二百文から三百文というご時世では、焼け石に水である。大半の本陣は、父祖伝来の田畑を切り売りして暮らしを立てているのが実情だった。

「もう、やってけないって、お父つぁんが……だから株を売ることに」

「売る？　本陣の株を？」

才蔵は心底おどろいているようだった。

「才蔵さんのいる駿河屋、あそこが丸ごと買い取ることになるんじゃないかって」

そのことも、李兵衛は聞いている。

庄左衛門は世古本陣の株を買い取ろうとしていた。

本陣は街道に何軒と決められている。新規開業はできない。だが株の売買は可能だ。駿河屋は商売上手で、同じ宿内の旅籠を買い取り、着々と店舗を広げていた。銭が手に入れば、次に欲しくなるのは名声だ。千両の金子《きんす》を積んでも、本陣という由緒を手に入れたいと願う者は後をたたない。庄左衛門もその一人だった。

交渉にあたって、世古本陣では条件を出している。娘のおのぶを、駿河屋の跡取り、つまり李兵衛の嫁にすることだ。そうすれば表向きは婿《むこ》取りをしたような形となり、おのぶの家の体裁は保たれる。

庄左衛門は承知した。長いつき合いだ。おのぶは生まれたときから知っている。李兵衛に異存はなかった。このままいけば、近々、話は正式な縁談になるはずだ。

「そうか……」才蔵は吐息をついた。「そこまでの話になっているとはな。難儀だなぁ、おめえの家も」

「株を売ったら、お父つぁんとおっ母さんは、おっ母さんの里へ引っ込むことになる。あたしはいやだ。才蔵さんと江戸へ行く」

おのぶはまだ、李兵衛との縁談については聞かされていないらしい。

才蔵は思案にくれているようだった。

「江戸へ出てもしがない役者稼業だ、やっていけるかどうか」

「あたしも働く。足手まといにはならない。だからお願い、あたしも一緒に……」

おのぶは必死である。

「わかった」才蔵はようやくうなずいた。「いいさ。いざとなりゃあ、役者なんかやめたっていいんだ。日傭《ひよう》取りでもなんでもする。そうすりゃあ、食扶持《くいぶち》くらい、なんとかなるだろう。楽な暮らしじゃあねえが、おめえにその覚悟があるんなら」

「才蔵さん……」

おのぶを抱き寄せようとして、才蔵は思い止《とど》まった。両手を握りしめる。

「そうと決まりゃあ、ぐずぐずしちゃあいられねえ。女の手形が入り用だが、こいつは銭でなんとかなる。おいらはこれから手形を手に入れ、必要なものを集めて、ここへ隠しておくことにする。おめえも家へ帰って、逃げ出す算段をしておくんだ」

おのぶはうなずいた。

才蔵は「先に行け」と顎《あご》を突き出す。おのぶは才蔵の眸を見つめ、するりと身をかわして小走りに駆け出した。

杢兵衛は木陰に隠れた。通りすぎるとき、おのぶの顔が見えた。不安と緊張にこわばった顔だ。が、そこには杢兵衛がこれまで見たことのない、晴れやかな輝きがあった。目にしたとたん、杢兵衛は心の臓に吹き矢を射込まれたような痛みを感じた。はげしい怒りがこみ上げる。

一方の才蔵は、ぐずぐずしちゃあいられねえと言ったくせに、大樹に寄りかかってなおも空を見上げていた。剽《ひょう》げてまわりの者たちを笑わせるときとは別人だ。生真面目《きまじめ》で真摯《しんし》な顔である。

それ以上に、杢兵衛の目をひいたものがあった。

家もなく家族もなく、あてどなく流れ歩いて来た男が、おどけた仮面の下に隠し持つ翳《かげ》りとでも言おうか。おのぶのことがなかったら杢兵衛でさえ手を差しのべたくなるような、切実で悲哀に満ちた表情だった。おのぶもきっと、才蔵の寂しげな表情に、心を動かされたのだろう。

杢兵衛は顔をそむけた。忍び足で林を出る。

帰る道々、思案した。殺意は消えていたが、才蔵の本当の顔を見たことで、嫉妬と憎悪が増大したような気がした。

いずれにせよ、このまま見逃すわけにはいかない。

行かせてなるものか――。

李兵衛は足を速めた。


駿河屋は閑散としていた。

旅籠に泊まる旅人は、日暮れどきに到着し、早朝には旅立つ。日中のこの時刻、宿に残っている者は数えるほどしかいない。

この日は三組の客が居残っていた。女房が風邪《かぜ》をひいたために出立《しゅったつ》を一日延ばした夫婦者と、三島宿で商談があるという初老の商人、それに才蔵である。

夫婦者は部屋にいるが、商人は出かけている。主人の庄左衛門も寄り合いに出かけて留守だった。

李兵衛は帳場《ちょうば》を覗いた。

番頭の治助《じすけ》がうたた寝をしていた。帳簞笥《ちょうだんす》の引き出しが細く開き、中から、銭《ぜに》の詰まった財布《さいふ》が覗いている。煙草《たばこ》銭にしたり、客に頼まれて両替をしたり、ちょっとした入り用のための小銭である。

李兵衛は名案を思いついた。

治助の背後にまわり込み、細心の注意を払って財布を引き出す。袖に隠し、二階の布団部屋へ忍び込んだ。部屋隅に布団の山が積み上げられ、隣りに才蔵の布団が並んでいる。畳んだ布団の上に、手荷物が置かれていた。振り分けになった荷物の片方を取り上げ、包みの端《はし》をほどいて財布をすべり込ませた。

怒りに憑《つ》かれていたので、深く考える余裕はなかった。ちょっとした騒ぎになれば、それでいい。そうすれば、才蔵は駿河屋に足止めされる。おのぶとの駆け落ちはだめになる。ついでに、才蔵が財布を盗んだという噂が広まれば、おのぶの恋心も冷めるに違いない。

なに食わぬ顔で帳場へ戻ると、杢兵衛は治助に声をかけた。

「治助。煙草銭を貸してくれ」

治助は目を開けた。居眠りをしていたところを見つかったので、恐縮して身をこごめる。帳簞笥の引き出しを探り、狐につままれたような顔になった。

「ええと……たしかここに財布が……」

腰を浮かせ、膝元を見まわす。

「ついさっきまで引き出しに」

「そいつは妙だ。だれぞに盗まれたのやもしれん」

帳場で銭が盗まれたとなれば、旅籠としての沽券《こけん》にかかわる。どのみち小銭だ。内々《ないない》に荷物改めをするだけで済むだろうと思ったのだが……。

目論見《もくろみ》どおりにはいかなかった。

治助は騒ぎ立てた。女中頭のおとしが飛んで来る。手代の佐吉《さきち》が呼ばれ、町役人を呼びに走る。事件はあっという間《ま》に大きくなった。

手代に呼ばれて駆けつけたのは、旅籠町一帯を縄張りとする町役人である。安五郎《やすごろう》という名のこの男は、有能だが融通がきかなかった。

使用人をひとところに集め、荷物改めをした。

使用人が放免になると、次に夫婦者が呼ばれた。夫婦者の荷物改めが済んだところへ、才蔵が帰って来た。

「おい。待ちな。おめえが才蔵か」

安五郎に呼ばれ、才蔵はなにごとかと足を止めた。

「おめえの荷物を改めさせてもらいてえ」

「おいらの荷物を？　なんでまた」

「帳場の銭が盗まれたのさ」

「銭？　まさか、おいらが盗んだってんじゃあ……」

「こいつは決まりだ。泊まり客の荷物は、ひとつ残らず改めることになったんだ」

李兵衛は帳場に座って、二人のやりとりに耳を澄《す》ませていた。

李兵衛の両脇では、治助とおとしが不安そうに顔を見合わせている。

「いつ盗まれたのか知らねえが、おいらはたった今帰ったところだぜ」

安五郎は探るような目で才蔵を見た。

「どこへ行ってたんだ」

「どこって……その……」

才蔵は口ごもった。おのぶのために贋《にせ》手形を買いに行ったとは、むろん言えない。

才蔵の狼狽《ろうばい》ぶりを見て、安五郎は獲物を見つけた狐のように舌なめずりをした。そもそも役者や芸人は大きらいだと常日頃から公言している。

「話はあとだ。まず荷物を改める」

才蔵は首をすくめた。

「布団部屋だ。気が済むように調べてくれ」

心当たりがないから不安もない。才蔵は子分を引きつれた安五郎と共に、布団部屋へ上がって行った。

二人の後ろ姿を見送りながら、おとしは眉をひそめた。

「いったいねえ……どこのどいつが昼日中に銭なんぞ盗んだのか」

「あたしがつい、うとうとしたのがいけなんだ。旦那さまになんとお詫《わ》びしたらよいのか。まったくとんだことになっちまった」

治助も悄然《しょうぜん》としている。

「油断も隙もありませんねえ。これはきっと、通りすがりの悪党の仕業《しわざ》ですよ。このところ街道も物騒になってますからね」

「しかし安五郎の旦那は、家のもんを疑っていなさるようだ」

「見つからなかったじゃありませんか」

「まだわからないよ。全部調べたわけじゃあないんだから」

「そんなら、治助さんは、才蔵さんが怪しいとでもいうんですか」

おとしが食ってかかると、治助は「いやいや」と首を振って、「ほれ、あの商人ってことも……」

「しいっ。めったなことをいうもんじゃありませんよ」

二人のやりとりを聞きながら、李兵衛は肚《はら》のなかで、別のことを考えていた。

才蔵の荷物から財布が出てくる。才蔵は仰天する。盗んだのは自分ではない、自分に罪を着せるためにだれかが入れたのだと言いはるだろう。

だがしょせんは旅役者だ。才蔵の言い分にはだれも耳を貸すまい。才蔵は代官所へ引ったてられる。銭の多寡《たか》にかかわらず、そうなれば罪人だ。運がよければ百叩き、悪ければ入れ墨、いずれにしても所払《ところばら》いになるのはまず間違いない。

これで、いい。これでおのぶは救われる——。

旅役者と駆け落ちして、そのあとにどんな暮らしが待っているというのか。才蔵のようなお調子者と一緒では、不幸になるのは目に見えている。

思いとは裏腹に、李兵衛の胸には重いしこりがつかえていた。林のなかで目にした才蔵の、翳りあるまなざしがまぶたをよぎる。

しばらくすると、安五郎と才蔵が二階から下りて来た。怒声の応酬もなく捕《と》り物《もの》騒ぎもなかったが、才蔵がお縄になったのは明らかだった。安五郎の子分が才蔵の手首を縛った縄の端を握りしめている。

「旦那さまに、これまで世話になった礼を伝えてくんなさい」

通りすがりに才蔵は深々と頭を下げた。

李兵衛は目を逸《そ》らせた。

才蔵が代官所へ引ったてられたと知ると、駿河屋は蜂の巣をつついたような騒ぎになった。夕方になって、庄左衛門が寄り合いから帰って来た。

使用人のだれもが、才蔵は人のものを盗むような男ではないと訴えた。なにかの間違いではないか、なんとか助けてやってくれと、庄左衛門に懇願した。

——たかが旅役者のくせに。

苦々しい思いはあったが、李兵衛は一方でことの重大さにふるえた。

才蔵を単なるお調子者と見たのは、間違いだったのかもしれない。才蔵を貶《おとし》めるとは、おれはなんと酷《ひど》い男か。とはいえ、今さら、真実を告げるわけにはいかなかった。事実を打ち明ければ、今度は自分が一生、皆から白い目で見られる……。

庄左衛門は代官所へ飛んで行った。財布さえ戻ればそれでいい、訴えは取り下げると申し出た。だが、追い返された。街道の治安が悪化している昨今、盗人を野放しにしておくわけにはいかないというのがその理由だ。

事件はますます大きくなった。百叩きのうえ所払い、という李兵衛の予想は、あっけなくくつがえされた。

才蔵が唐丸籠《とうまるかご》で江戸へ送られるという噂が聞こえてきたのは、梅雨《つゆ》どきである。江戸で再吟味を受けたのちは、佐渡《さど》へ送られるか、でなければ特別のご慈悲によって、常陸《ひたち》国寄《より》郷《ごう》の人足寄場へ入れられることになるという。

李兵衛は迷った末、代官所へ才蔵に逢いに行った。

代官所の役人は、才蔵を根っからの悪党だと決めつけていた。

「あやつ、女に化《ば》けて、逃げるつもりだったそうな」

李兵衛の顔を見るなり、侮蔑《ぶべつ》を込めて言った。

吟味の途上、贋の女手形が見つかった。問い詰めると才蔵は、

「おいらは役者だ。女に化けてどこが悪い」

と、大見得を切ったという。

無実の罪を着せられながら、おのぶと駆け落ちしようとしていたことは、口が裂《さ》けても言うまいと心に決めているらしい。

仮牢に押し込められた才蔵は、度重なる拷問を受けたとみえ、見る影もないやつれようだった。ところが、その顔は意外にも明るい。李兵衛を見ると親しげな笑《え》みを浮かべ、

「迷惑かけてすまねえな」

ひょこりと頭を下げた。

今なら間に合う、本当のことを話して才蔵を助け出すんだ——。

李兵衛は大きく息を吸い込み、肩をあえがせた。じっとり汗ばんだ手を握りしめ、口を開きかける。

声は出なかった。

本陣とおのぶがなんとしても欲しい。それにここまで大きくなってしまった騒ぎだ。真実を告げたところで今さら収拾できようか。

李兵衛は逃げるように代官所をあとにした。

三

「どうだね、具合は」

縁側にあぐらをかき、杢兵衛は庭と妻とを等分に眺めていた。

おのぶは夜具の上に身を起こし、散りしきる桜に見惚れている。

「お陰で気分がようなりました」

おのぶは杢兵衛に目を向けた。

昨年の秋に高熱を発して以来、おのぶは寝たり起きたりの暮らしをしている。半年経っても微熱と咳《せき》がぬけないところをみると、医者の言うように、風邪ではなく労咳《ろうがい》らしい。

だがこの日のおのぶは、快方に向かっているように見えた。

「今日は顔色がよいな。だが油断は禁物だぞ。春先は気候が変わりやすい」

「あなたこそ、これからしばらくは戦《いくさ》のような毎日になりますよ。お疲れがたまらぬようになさいませんと」

「まったくだ。見るとやるとは大違い。本陣がこうもすさまじいとは思わなかった」

駿河屋が世古本陣の株を買い取って、すでに二十年が経っている。

二十年前、才蔵事件のほとぼりが冷めたその年の暮れ、庄左衛門は長年の悲願が叶《かな》って本陣の主人に納《おさ》まった。

世古本陣は三百坪ほどの広さの敷地に建つ、門構えの厳《いか》めしい家だ。が、いかんせん古びていた。屋根を葺《ふ》き替え、畳を入れ替え、家具調度を調えるために、庄左衛門は蓄えの大半を吐き出した。すでに本陣株を買い取るために駿河屋を売り払っていたので、手元に残ったのは本陣だけだった。

だが、庄左衛門は嬉々《きき》として仕事に励んだ。本陣の主人は名字帯刀《みょうじたいとう》が許される。庄左衛門は世古庄左衛門となり、大名や側近との交流を深めた。得意の絶頂で病《やまい》に倒れ、他界した庄左衛門はむしろ幸せだったと言うべきだろう。跡を継いだ杢兵衛は頭を抱えた。

大名家の内情はますます逼迫《ひっぱく》しつつある。謝礼は減る一方、おまけに供侍の人数も年々少なくなっている。貧《ひん》すれば鈍《どん》するの譬《たと》えにあるように、難癖をつけて不払いを強行されたり、人数をごまかされたりすることもしょっちゅうだ。大名行列があるたびに、蓄えが目減《めべ》りしてゆく。このままではわずかな蓄えも、そのうちに底をついてしまうだろう。

「書院の畳を入れ替えなければならんが、ま、もう少し先にするか」

「茶亭《ちゃてい》の畳もあのままにしておくわけにはいきませんね。毛羽立《けばだ》っておりますもの」

「茶亭といえば、石灯籠《いしどうろう》もなおさにゃあならん」

夫婦は顔を見合わせてため息をつく。

「おまえは余計な心配をするな。病を治すことが第一だ」

李兵衛が言うと、おのぶはふっと視線を逸らせた。

「あのとき、余計なことをなさらねばよろしかったものを……とんだものを引き受けてしまいましたね」

「え？」

李兵衛はいぶかしげに妻の顔を見返した。おのぶの眸に、ほんの一瞬、奇妙な表情が浮かんだ。

「……わたくしと、本陣と……」

小声でつぶやく。

李兵衛ははっと目をみはった。

おのぶは今、なにを言おうとしたのか——。

ふいに、二十年前の光景がまぶたによみがえった。

ほの暗い林のなかで、才蔵とおのぶが抱き合っている。李兵衛は、椎《しい》の梢《こずえ》をそよがせる風の音を聞き、木立《こだち》の合間にただよう生々しい女の匂いを嗅《か》いだ。

「おまえは……」

訊《たず》ねようとして口ごもる。

才蔵が捕縛された夜、李兵衛は家から一歩も出なかった。だからおのぶが、才蔵との待ち合わせ場所に行ったのか行かなかったのか、行ったとしたら、どれほどの時間、待ちつづけていたのか、わからずじまいだった。

おのぶが病で寝込んでいると聞いたのは、数日後のことである。

もしや才蔵の身を案じて――。

杢兵衛は焦燥《しょうそう》に駆《か》られた。だが、ひと月ほどして街道で出会ったおのぶは、以前と同様、屈託のない笑顔を向けてきた。

――おっ母さんの具合はどう？

――少し食欲が出てきたらしい。

――そう。それはよかった。小母《おば》さんによろしく伝えてね。

林のなかで垣間《かいま》見た、あの燃える目をした女と、目の前にいるおのぶが、杢兵衛には同じ女とは思えなかった。会釈《えしゃく》をして去ってゆくおのぶを、杢兵衛は、愛《いと》しさと後ろめたさのないまぜになった思いで見送った。

夫婦になるまで、杢兵衛はおのぶと二人きりで逢わなかった。が、双方の親を交《まじ》えて顔を合わせることは何度かあり、そうしたときのおのぶは、いつも平静な顔をしていた。おのぶは、いってみれば、本陣の株もろとも駿河屋に買われたようなものだ。だがそのことに傷つき、恨《うら》むような態度は見せなかった。

夫婦になってから、杢兵衛はおのぶの前で一度も才蔵の名前を出さなかった。問い詰めたい衝動に駆られたことは何度もある。はじめておのぶを抱いたとき。宿はずれの空き地に旅役者の一座がやって来たとき。おのぶが遠い目をして空を眺めているのを見たとき。いつだったか、杢兵衛に抱かれておのぶがあえぎ声をもらしたとき、杢兵衛は思わず妻の眸を覗き込んだことがあった。欲望に憑かれ、無我夢中になっていながら、その瞬間、杢兵衛は妻の眸に才蔵の眸を重ねていた。すると、寒々《さむざむ》としたものが背筋を這《は》い上がり、嫉妬と悔恨が胸を刺した。

子が生まれ、歳月が流れると、次第に嫉妬も罪の意識も薄れた。才蔵は駿河屋にふらりとあらわれた旅役者だ。単なる幻《まぼろし》にすぎない……そう思うことにした。

実際、ここ何年も、才蔵の名は忘れていたのである。

杢兵衛は顔をしかめた。

「おまえは……わたしを……」

恨んでいるのか――胸のなかで訊ねる。おのぶがなにを考えているのか、知るのは怖かった。おのぶがたった今「余計なこと」と言ったのは、本陣の株を買い取った愚かさだけを言っているのだと思いたかった。

深々と息を吸い込む。

「……ばかなやつだと笑っていいような」杢兵衛はつづけた。「駿河屋のままでいれば、いくらでも稼げたものを、わざわざ本陣株を買い取り、四苦八苦《しくはっく》している」

「笑うなどと……」おのぶは夫の顔を見返した。「ばかなことを、しない者などおりません」

二人は黙って桜の散り様を眺めた。

外気に当たったのがよくなかったのか、おのぶははげしく咳き込んだ。杢兵衛は妻の背をさすり、薬湯《やくとう》を飲ませ、発作が落ちつくまで手を握ってやった。

ふた月余り、息つく暇もないほどの忙しい毎日がつづいた。五月に入り、ようやく大名行列が一段落した朝、おのぶは死んだ。

それは、宿はずれの空き地に旅の一座が小屋掛けをはじめた日で、澄みわたった初夏の空ににぎやかな触れ太鼓の音が聞こえていた。

四

「こやつでございます」

番頭の佐助《さすけ》が引き出したのは、数日前、紀州家の一行が本陣に泊まった際、厨で見かけた男だった。

「浜松《はままつ》さまのご一行に紛れ込んで、タダ飯を食っておりました」

男は庭先に膝をついて、首をたれている。

杢兵衛はあらためて男の青黒い顔に目をやった。

「名はなんと言うんだね」

男は顔を上げた。杢兵衛を見返し、人なつこい笑顔を浮かべる。悪びれたところはまるでなかった。

「松之丞《まつのじょう》、と申します」

「おまえさんは旅役者か」

「へい」

「仲間はいるのかね」

「だいぶ減っちまいましたが」

「どこから来たんだね」

「江戸にございます」

「ご禁令のあおりを食って、江戸では芝居小屋がいくつもつぶれたと聞いたが……」

「へい。さようで」

天保《てんぽう》十年（一八三九）十二月、水野《みずの》越前守《えちぜんのかみ》忠邦《ただくに》が老中首座となって以来、庶民生活への締めつけはこれまで以上に厳しくなっていた。度重なる奢侈《しゃし》禁止令に加え、遊芸停止《ちょうじ》の御《お》布令《ふれ》も出された。一昨年は江戸歌舞伎を代表する中村《なかむら》座、市村《いちむら》座、森田《もりた》座の三座が浅草に移転となり、江戸の芝居小屋は火が消えたような有り様だという。ここ東海道でも、江戸で食えなくなった役者が上方《かみがた》へ移動する姿が頻繁に見られた。

松之丞も、江戸で仕事にあぶれ、旅の一座に加わって上方へ上る途中だった。だが街道筋は幕領が多く、興行もままならない。一人減り二人減り、今ではほんの四、五人の仲間が木賃宿へ分宿し、物貰い同然の暮らしをしながら西への旅をつづけていた。松之丞が中間に化け、大名家の一行に紛れ込んだのは、飯を腹いっぱい食べたいという誘惑に負けたこともあったが、華やいだ喧騒のなかにふと身を置きたくなったからだという。

「そういえば、近頃はこのあたりでも、とんと旅芝居を見なくなった」

李兵衛はふっと物思いに沈み込んだ。

あれはいつだったか。おのぶが死んだ年だから、七年ほど前になる。あの頃は笛や太鼓の音とともに、旅芝居のにぎわいが聞こえていたものだ。

「遊芸は禁止されているが……ま、内々ならいいだろう」李兵衛はつぶやくと、佐助に目を向けた。「明後日はおのぶの月命日だ。ちょうどよい。松之丞の一座を呼んで、芝居の触りを演じてもらおうではないか」

佐助はおどろいて、松之丞と主人の顔を見比べた。

「ですが、こやつはタダ飯を……」

「そのことなら、これからは食券制にすればよい」

不届き者が紛れ込んでタダ飯を食う。問題はだが、それだけではなかった。一行のなかにも二度食い三度食いする者がいる。本陣、脇本陣では、このところ、白札赤札の食券を配って数の間違いを防ぐところが出はじめていた。

「ま、それはそれで、やってはみますが」

佐助は不服そうな顔である。

佐助の仏頂面《ぶっちょうづら》など、李兵衛は気にかけなかった。これ以上借財が嵩《かさ》めば、本陣株を売り出す算段をしなければならない。いつの世にも、金より名声を欲しがる輩はいるものだ。売りに出せば、どっと買い手が集まるだろう。

その前に、本陣の庭で旅役者を思う存分遊ばせてみるのも妙案だと思う。

「たいした支度はできないが……そうだ、松之丞、『女尺八出入湊黒船忠右衛門当世姿』の触りを演《や》る、というのはどうかね」

李兵衛が言うと、松之丞は首をかしげた。

「そいつはちょいと……」と言いかけ、ぱっと顔を輝かせる。「へい。触りくれえでよろしいんでしたら」

有り難えと、松之丞は両手を合わせた。

「タダ飯食った上に芝居させてもらえるたぁ……こいつは春から、縁起がええわいなあ」

舞い散る桜の下で、大見得を切って見せる。

ほろ苦い微笑を浮かべ、李兵衛は花曇りの空を見上げた。

瞽女《ごぜ》の顔

一

茶屋でその男を見たとき、お菊《きく》は内心ほくそ笑んだ。

歳《とし》の頃は二十六、七か。下ぶくれの顔に邪気《じやき》のない小さな目、あぐらをかいた鼻、しまりのない口元――顔の造作がおっとりしている上に、体つきももさりとして、いかにも人がよさそうである。

身なりも小ざっぱりとしていた。上物の小袖《こそで》に股引《ももひき》、脚絆《きやはん》、膝元に菅笠《すげがさ》と振り分け荷物を置いている。商家の若旦那か、でなければ番頭といったところか。

休む間《ま》もなくここまで歩いて来たのだろう、かぶりつくように茶を飲み干し、男は手拭《てぬぐ》いで汗を拭った。拭いながら、お菊のほうをちらちら眺めている。

原宿《はらじゆく》は小さな宿で、旅籠《はたご》の数も少ない。旅人の大半はひととき足を休めるだけで、東隣りの沼津《ぬまづ》宿か、西隣りの吉原《よしわら》宿に泊まる。茶屋は先を急ぐ旅人がせわしく出入りしていた。

お菊は入口に近い桟敷《さじき》に座っている。両手で茶碗を包み込むように掲《かか》げ、心持ち首をかしげて、道行く人々を眺めている。といっても、視線が特定の旅人の上に留まることはない。漠然と街道の上をさまよっている。

お菊は瞽女《ごぜ》を装っていた。瞽女とは目の不自由な女遊芸人である。東海道を行き来する旅人なら、虚無僧《こむそう》や六部《ろくぶ》、比丘尼《びくに》、瞽女といった流浪人に一度ならず出くわす。

瞽女は通常、数人で連れ立っていた。三味線や鼓《つづみ》、鉦《かね》などを携え、街道の辻々に立って、ある者は歌い、ある者は三味を掻《か》き鳴らす。投げ銭を得て生業《なりわい》をたてているが、時と場合によっては色を売ることもある。

お菊には、連れはいなかった。

黒繻子《くろじゅす》の襟《えり》をつけた縞木綿《しまもめん》の小袖を着ている。小袖は色あせ、足袋《たび》も草履《ぞうり》も埃だらけ。かたわらには三味線と杖《つえ》、忍び笠が置かれていた。

茶を飲み干すと、お菊は手さぐりで茶碗を盆へ戻した。今一度、目の隅に男の姿を捉える。顔をまともに見返すようなへまはしなかった。男はまだ、憑《つ》かれたようにお菊を見つめている。

お菊は虚《うつ》ろな視線を宙に据《す》え、手を泳がせて忍び笠を取り上げた。笠をかぶり、顎《あご》の下で紐《ひも》を結んで固定する。杖と三味線を手に腰を上げた。

「へい。有《あ》り難《がと》さんで」

主の声に送られて茶屋を出るとき、男があわてて腰を浮かすのが見えた。

街道を東へ向かいながら、お菊はそれとなく背後をうかがった。思ったとおり、男は、不自然でない程度に距離を置き、お菊の後ろを歩いている。急ぎ旅かと思ったのに、お菊の歩調に合わせているところを見ると、やはり下心があるのだろう。

あいつなら——。

赤子の手をひねるようなものだ、と、お菊は思った。

目が見えないというだけで、男は油断する。生真面目《きまじめ》でお人よし、女に初《うぶ》な男なら、なおのこと騙《だま》すのはたやすい。

抱かれてやって骨抜きにする。別れ際、男の財布《さいふ》から金子《きんす》を失敬する。それがお菊の、いつもの手口だった。ただし路銀だけは残しておく。身ぐるみ剝《は》がれれば代官所へ泣きつく旅人も、路銀があれば、あきらめて先を急ぐ。騒ぎたてて長々と足止めを食らえばかえって無駄な出費を招き、とんだ恥をさらすだけだと、たいていの男は承知している。

風体《ふうてい》からして、男はかなり金を持っていそうに見えた。

銭がほしい——。

お菊は焼けつくように思った。買いたいものがある。人の命だ。

きっかけさえあれば、男は必ず声をかけてくるにちがいない。待ち構えていたものの、予想に反して、二人の距離は一向にちぢまらなかった。

お菊は焦《じ》れた。

陽《ひ》が暮れかけている。もう少し行けば沼津宿、目的地に着いてしまう。

沼津宿は、東海道と足柄《あしがら》街道の分岐点として古くから栄え、宿内は四六時中行き交《か》う旅人でごったがえしていた。宿場内に入ってしまえば、二人きりになるのはむずかしい。それにお菊は、宿内の上土《あげつち》町と三枚《さんまい》橋町にある瞽女屋敷のどちらかに草鞋《わらじ》を脱ぐことにしていた。宿場へ着けば、男も宿をとる。せっかくのカモを逃してしまうことになる。

宿場へ差しかかる手前で、お菊は一計を案じた。小石につまずいたように見せかけ、よろけて道端へうずくまる。

すると案《あん》の定《じょう》、男はおどろいてお菊のかたわらへ駆け寄った。

「どうしなすった。足でもくじきなすったか」

お菊はうめいた。顔を見返すことはせず、声を聞き取ろうとするように首をかしげ、男の肩先のあたりへ視線を這《は》わせる。

「痛むのか」

「少し……」

か細い声でこたえ、足首をさすりながら切なげな吐息をついた。

まくれた裾《すそ》からのぞくふくらはぎを見て、男が息を呑むのがわかった。困惑したようにあたりを見まわしている。ためらいがちに、

「どうだ。よかったら、あっしがおぶってやってもいいが……」

男は巨体をちぢめ、お菊の前にしゃがみ込んだ。

お菊は恥ずかしそうに体をゆすった。裾が割れ、白い太股がのぞいた。

男はごくりと唾を呑み込む。あわてて背中を向けた。

「おんなし方向だ。遠慮はいらねえ」

「そんなら……」

手さぐりするふりをして、お菊は男の背中をなでまわした。

肩に手をかけると、男はお菊の尻に手を添《そ》え、軽々と背負い上げた。

男の背は安定感があり、温かくて心地よかった。お菊は一瞬、銭のことを忘れた。

幼い頃、父親におぶってもらうのが好きだった。遠い日の記憶が幻のように浮かんで消える。男の肩に頬をつけ、ため息をもらした。

女の熱い息が男のうなじをなでた。男はもぞもぞと体を動かした。

「瞽女さん、連れはいないのかい」

「ひと足先に……」

「そいつは、たいへんだな。目が不自由だってのに、よ。ひとりじゃあ、あぶない思いをすることもあるだろう」

「なれてますから」

「それじゃあ、その……子供の頃から……こうしてあっちこっち旅をしてなさるのか」

「十二のとき火事にあって……それから」

「熱風で目を焼かれたのかい」

お菊は返事の代わりに、くすんと鼻をならした。

「身代そっくり……親兄弟も……」

むろんでたらめである。お菊の親は安倍奥《あべおく》の田舎で今も百姓をしている。十二のとき、というのは、お菊が駿府梅屋町《すんぷうめや》の太物屋《ふともの》へ奉公に上がった歳だ。

男はお菊の体をゆすり上げた。

「かわいそうになあ。瞽女さんみたいな別嬪ならよ、目さえ見えりゃあ、いくらでもいい暮らしができるのにな」

「子供でしたから、わからぬままにあちこち売られ……」

「それが辛《つら》くて瞽女になんなさったのか」

お菊の身の上話に、男は一片の疑いも抱いてはいないようだった。声音《こわね》に憐憫《れんびん》の響きがある。

お菊はかすれた笑い声をあげた。

「そうなんですけどね、瞽女になってもおんなしでしたよ」これも演技の内だ。「色を売らなきゃ、生きてはいけない……」

男の体がこわばった。

「ええと、どこへお連れすればよろしいんで？　あてはあるんですかい」

沼津に瞽女屋敷があることを、男は知らないようだ。

徳川家康《とくがわいえやす》がまだ今川の人質だった頃、瞽女は家康の命を受け、密偵として働いていたことがあった。その功により、家康はのちに街道筋に瞽女屋敷を造り、扶持米《ふちまい》を与えた。太平の世となった今ではとうに密偵のお役は御免となっているが、屋敷だけは残され、いつでも施粥《せがゆ》にありつける。

だがお菊が沼津へやって来たのは、雨露をしのぐ宿や、タダ飯がほしいからではなかった。この宿に、買いたい命がある。

「あてなんか……ありません」お菊はこたえた。「どこか一夜の宿を……でなければだれか……」

買ってくれるお人を探します——お菊の言わんとすることがわかると、男は体をもぞもぞ動かした。

「もし、その……あてがないんなら」男はしばしためらったのち、「そんならその……あっしと一緒に泊まるってぇのはどうかね」

「いいんですか」

お菊は問い返した。ついでに男の耳元に、甘い息を吹きかける。

「そりゃあもう……銭のことならちゃんとあっしが」

「よかった」

息をつくと、お菊の尻にあてがった男の手に力がこもった。

へん。ちょろいもんさ――。

お菊は腹のなかで舌を出した。男に抱かれる。くたくたになって眠り込むのを待って財布から銭を抜き取る。そのあとは、瞽女屋敷へ逃げ込めばよい。

男の財布には、どれくらい銭があるのか。

そもそもいくらあれば人の命を買うことができるのか、わからなかった。が、沼津宿で金蔓《かねづる》を見つけるとは幸先がいい。きっとうまくゆくはずだ。

宿に着くまで、男は何度かお菊に話しかけた。今後の手筈《てはず》のことで頭がいっぱいで、お菊は生返事しかしなかった。過分な金を払い、旅籠の主に頼み込んで、ようやく他の客と相部屋でない部屋に腰を落ちつけるまで、お菊は男の名を訊《たず》ねることすら忘れていた。

二

男は吉兵衛《きちべえ》と名乗った。

吉兵衛は鼾《いびき》をかいて眠っている。

お菊はそろそろと寝床を這い出し、脱ぎ散らした小袖をまとった。体じゅうに閨事《ねやごと》の名残がしみ込んでいる。足袋を穿《は》き、髪をなでつけ、帯を締め、財布を探そうとして、ふっと男の寝顔に目をやった。

しまりがなく、間《ま》が抜けた——そう思ってばかにしていた男の顔が、なぜだろう、古くからのなじみの顔のように見えた。

瞽女を買おうという酔狂な男は、目が見えない女を凌辱《りょうじょく》することで陰惨な欲望を満たそうという者が大半だ。でなければ極端に臆病な男か。女郎屋へ上がる銭を惜《お》しむ男か。いずれにしろ、そういった類《たぐい》の男たちは、閨ではしたい放題。店主という後ろ楯がないから、女はいいようにあしらわれる。旅の恥はかき捨てと思うのか、ことが終わるや、いったん渡した銭を奪って逃げる不逞《ふてい》な輩《やから》もあとを絶たない。

だが、吉兵衛はちがった。

一晩二百匁《もんめ》と料金を言うと、吉兵衛はまず、お菊の手に四百匁にぎらせた。

「なくさないようしまっときな」

懐《ふところ》へしまい込むのを見て、もう百匁取り出し、

「こいつはよ、薬代だ」

お菊の手に押しつける。

旅籠の主に頼んでわざわざ仕出しの料理を取り寄せ、差し向かいで夕餉《ゆうげ》をとったのも、お菊にははじめての経験だった。

「瞽女さん、名は?」

「お菊」

「そういやぁあっしの幼なじみに、お菊ちゃんってのがいたっけな。故郷はどこだい」

「……三河《みかわ》」

「ふうん。あっしは遠州《えんしゅう》だ。袋井《ふくろい》ってぇ、街道沿いの宿場でよ」

吉兵衛は屈託がない。

――こいつ、どこまでお人よしなんだい。

はじめのうちお菊は、男の親切がわずらわしかった。どうせ一夜の床相手である。なまじ情けをかけられたりすれば、かえって面倒だ。さっさと枕を交わし、銭を奪って逃げ出してしまいたかった。

だが、吉兵衛はすっかりお菊に惚れ込んだと見え、夕餉の際も細《こま》かな気配りを忘れない。お菊が箸《はし》を伸ばすたびに、それはなに、こっちはなに、といちいち説明し、盃が空《から》になれば酒をついでやり、魚の小骨まで食べやすいように取りのけてくれる。吉兵衛自身はろくすっぽ膳のものには手をつけず、その代わり燗酒《かんざけ》をちびちびなめながら、問わず語りに自分の身の上を語った。

吉兵衛が薬種《やくしゅ》問屋の息子で、異国の薬を買い付けに相模《さがみ》まで行くところだと打ち明けたとき、お菊は思わず胸の内で快哉《かいさい》を叫んだ。買い付けにゆくのなら、銭をたんまり持っているだろうと思ったのである。

閨でも吉兵衛の態度は変わらなかった。手荒なことはいっさいしない。それでいてまったくの堅物《かたぶつ》というのではなく、時間をかけ、じっくり愛撫されたお菊は、これまで感じたことのない快感に、知らず知らず喘《あえ》ぎをもらしていた。

むろん、だからといって男に惚れたわけではない。吉兵衛は明朝には去ってゆく男だ。商売に未練は禁物である。

よくよく見れば、無防備に眠りこけている男は、やはり間が抜けて見えた。油断すれば泣きをみる。吉兵衛さんとやら、これに懲《こ》りて、二度とあたいみたいな女に引っかかるんじゃないよ――。

お菊は身繕《みづくろ》いをすませ、忍び足で枕元に置かれた吉兵衛の胴巻きに近づいた。思ったとおり、胴巻きに財布が挟んである。が、なかには二両とちょっとの路銀しか入っていなかった。

どこにあるんだろう、異国の薬を買う銭は――。

お菊ははっとひらめき、部屋隅に置かれた振り分け荷物に這い寄った。紐でくくった二つの包みのうち、片方の包みだけがずしりと重い。吉兵衛の鼾に耳をすませながら、慎重に包みをほどく。幾重にも包まれた紙のなかから出てきたのは案の定、小判だった。

吉兵衛が大金を持っていることは予想していた。それにしても、五十両、いや六十両はあろうか。これほどの大金を拝むのははじめてである。お菊の指はふるえた。

喉から手が出るほどほしい銭だ。が、これをそっくり持って逃げるつもりはなかった。街道筋には食い詰めた男たちがたむろしている。たった一両の銭ほしさに刀を抜く輩《やから》だ。そのなかの一人を雇えば、十、二十……どんなにふっかけられても、三十両で、人の命のひとつくらい買い取れるはずである。

お菊は三味線の撥《ばち》を袋から取り出し、そのなかにきっかり三十両、数えて入れた。さらに十両を懐に入れる。

今一度、吉兵衛の寝顔に目をやったお菊は、ちょっとためらい、懐に入れた十両をもとの包みに戻した。わずかだが、これまで貯め込んだ稼ぎがある。吉兵衛から盗む銭は、最小限にしたかった。三十両盗むも四十両盗むも似たようなものだが、半分残してゆくことで、わずかながらうしろめたさが薄れるような気がした。

三味線を抱え、足音を忍ばせて部屋を出た。

吉兵衛はまだ太平楽《たいへいらく》に鼾をかいている。

旅籠を忍び出て、来た道と反対に、問屋場のある通横町を抜けて北へ曲がり、上土町へ出た。夕刻の喧騒が嘘のように、あたりは静まりかえっていた。

瞽女屋敷のひとつは、上土町の裏路地にある。用心のためにやり過ごし、沼津城の大手門前の急坂を下りて、三枚橋町にある瞽女屋敷へ逃げ込んだ。

仲間とはぐれたと言って泣きつくと、詮議《せんぎ》もなしに粗末な寝床を与えられた。少し前まで男に抱かれていた肌はまだ火照《ほて》っている。

しばらく屋敷にこもっていよう。体の具合が悪いと言えばいい——。

沼津宿の瞽女屋敷には、二箇所合わせて常時、七、八十人の瞽女が身を寄せていた。瞽女は結束が固い。吉兵衛が瞽女屋敷の存在を知り、探しに来たとしても、お菊を見つけ出すことはまずできまい。

それに、吉兵衛には相模で大事な商談が待っている。一日二日はお菊の行方《ゆくえ》を探し歩いても、やがてはあきらめて先を急ぐはずだ。

金子を盗まれたと知ったときの吉兵衛の顔を想像すると胸がちくりと痛んだが、思いを振り切るように、お菊は金子の入った袋を抱きしめた。

なにを弱気になっているのさ。やっと願いが叶《かな》うっていうのに——。

堕《お》ちるところまで堕ち、裏の世界を知り尽くしたお菊は、どこへ行けば命の売り買いができるのか心得ていた。川廓《かわくるわ》の賭場へ行き、目つきが鋭く、物知り顔のやくざ者を探す。その男に頼んで、腕っぷしが強く、情けのかけらもない男——心底、悪に染まりきっていて、金のためならなんでもする男を探してもらう。三十両払って、お菊の仇、大村屋《おおむらや》八左《はちざ》衛門《えもん》を仕留めてもらうのだ。

大村屋八左衛門は、憎んでも憎みきれない男である。

あの頃、お菊はまだ十六だった。梅屋町の太物屋で働いていたお菊は、若旦那の仙吉《せんきち》と恋仲になった。はじめは二人の仲に反対していた主夫婦《あるじ》も、仙吉の懇願に負け、お菊を嫁に迎えることにした。十二のときから陰日向《かげひなた》なく働いてきたお菊を、主夫婦も気に入っていたからである。

なにもかもうまくいく、と、思ったそのとき、八左衛門が横車を押した。お菊に横恋慕し、やくざ者を使って太物屋にいやがらせをはじめたのである。半年も経たないある夜、仙吉は何者かに刺殺された。金目当ての殺しではないかという者もいたが、お菊はそうは思わなかった。仙吉の懐には財布が残されており、ひと突きで心の臓をえぐった手口も素人《しろうと》の業《わざ》には見えなかった。八左衛門がだれかを雇って、仙吉を殺させたにちがいない……。

悲劇は、だが、それだけでは終わらなかった。それからまもなく、太物屋の主夫婦が焼死した。火の気がないはずのところから出火した火事が原因だった。お菊はそのあと八左衛門の慰み者《なぐさもの》にされ、飽きると二丁町の廓《くるわ》へ売り飛ばされた。

大村屋は札差《ふださし》だ。八左衛門は大村屋の次男である。八左衛門の放蕩ぶりは以前から聞こえていた。どこからともなく由々《ゆゆ》しい噂が広まると、見かねた主は息子を放逐した。が、実際には放逐すると見せかけ、沼津宿で新たな商《あきな》いをさせていたのである。

安政《あんせい》元年（一八五四）の駿河大地震の際、お菊は命からがら廓を脱出した。二十五になっていた。それからの二年、お菊は八左衛門の行方を訊ね、報復の手段を練り、色を売ってなんとか食いつないできた。瞽女のふりをしたのは、銭を奪って逃げるのに都合がよいからである。

八左衛門は百度殺しても殺し足りない男だ。自分の手で仕留められるものなら、相討ちになってもかまわない。だがこの二年、身辺を探った結果から、お菊ひとりの力ではどうにもならないとわかった。八左衛門は隙《すき》のない男で、おまけに用心棒を雇っている。

そこでお菊は、八左衛門の命を銭で買うことにした。吉兵衛から盗んだ銭は、八左衛門の命の代金である。

――仙吉つぁんの命も銭で買われた……。

お菊は、仙吉の身に起こったことを、そっくり、八左衛門にも味わわせてやるつもりだった。そのためなら、色も売る。盗みもする。吉兵衛のように人のよい男を騙すことさえも、厭《いと》わない。

ようやく願いが叶うんだもの――。

お菊は金子の入った袋をなでまわし、昂《たかぶ》る思いに身を任せた。

三

「三十の他に、あっしの仲介料がかかりますぜ」

狐のように目のつり上がった男は、舌をちょろりと出して唇を湿らせると、値踏みするような目でお菊を眺めた。

川廓の裏路地にある小汚い居酒屋である。まだ日が高いので、他に客の姿はない。

「そこをなんとか……」お菊は食い下がった。「三十しかないんです」

「ほんとを言やぁ、五十もらったっていいんだ。え、そうでしょう。なんせ、人ひとり殺《や》ろうってんだ。へたすりゃあ、とっ捕まる。こちとらだって命がけだ」

「わかってますよ。けど、ない袖は振れません」

「姉さんみてぇないい女なら、すぐにそれくらい稼げますぜ」

こういう手合いは、甘い顔を見せるといくらでもつけ上がる。お菊は腰を浮かせた。

「そんなら、この話はなしにしましょう」

「おっと。待ちねえ。まだ話の途中だ」

「話は終わりました。こっちは三十、それ以上、びた一文出ませんよ」

男は大仰《おおぎょう》にため息をついた。

「ま、しょうがねえ。姉さんの顔を立てて、三十二」

「三十」

「へっ」男は唾を吐き捨てた。「三十で殺《や》らせやすよ」

「どんな男です？」

「そいつぁ聞かねえほうがいい」

「腕はたしかでしょうね」

「あたりきでさぁ。姉さんは運がいい。ちょうどうってつけの奴が、こっちに来てましてね。こういった仕事じゃあ、奴の右に出るもんはいねえ。これまで殺ったなぁ、片手じゃあきかねえそうで……」

お菊にしても、片手できかないほど人を殺してきた男に逢いたいわけではない。八左衛門がこの世から消えてくれればそれでいいのだ。

「で、いつ?」

「一両日中に。ただし方法はこっちにまかせてもらいますぜ」

お菊はうなずいた。懐から紙包みを出して畳に置く。

「ここに十両あります。残りは終わったあと……仕留めた翌朝、ここで……」

「そいつぁだめだ。殺ったところで逃げられたんじゃあたまらねえ」

「あたしだって、銭だけ持ち逃げされたんじゃあ、目もあてられませんよ」

二人はにらみ合った。

「ちっ。食えねえ女だ。そんなら前金として二十……」

言いながら、男は銭に手を伸ばそうとする。お菊が男の手をぴしゃりと叩くと、男はおどろいてお菊の顔を見つめた。

「姉さん……目が見えないんじゃあ……」

お菊はそれにはこたえず、

「前金は十五。それなら文句はないでしょう」

男はわざとらしく舌打ちした。が、お菊が紙包みの上に五両をのせるや、素早くひったくって、

「大村屋を殺るのは明後日。通夜の翌朝、姉さんは残りの金を持ってここに来る。いいかい、姉さん。約束を違《たが》えると、ただじゃあすまねえぜ」

と、腰を浮かせながらすごんでみせた。

「そっちこそ、へまをしたら耳をそろえて返しとくれよ」

去ってゆく男の背に、お菊は叫び返した。


狩野《かの》川のほとりにたたずみ、お菊は小鼻をふくらませた。

あと数日で九月。ひんやりとした風に秋の香がしみ込んでいる。

これからは日に日に寒さが増してゆく。三味線片手に街道をならすのは辛《つら》い。昨年の冬の凍えるような寒さ、ひもじさを思い出して身をすくめた。

もうそんな思いをすることはないのだ。流浪の旅はまもなく終わる。八左衛門がこの世から消え去れば、もはや瞽女のふりをして荒稼ぎをする必要はなくなる。

これでようやく、失った十年の歳月の穴埋めがつくような気がした。

故郷へ……帰ろうか——。

ふっと思った。

山間《やまあい》の鄙《ひな》びた村に心浮き立つ暮らしはない。だがそこには、お菊をおぶってくれた老父がいる。口うるさいが働き者の老母もいる。穏やかな暮らしがあった。

川岸に沿って歩く。このあたりは低地で、雨がつづくと水浸しになる。旅人が足止めを食らうので、川廓と名がついたという。

廓から逃げ、瞽女になっても、お菊はなお怨念という廓に捕らえられていた。だが、今こそやっと解放される。そう思うと足取りは軽かった。

いつしかお菊は宿場の東はずれまで来ていた。このまま先へ行けば黄瀬《きせ》川へ出る。富士《ふじ》山《さん》の東麓を流れる川だ。黄瀬川まで足を延ばしてみようか、それともここらで引き返そうか。思案しているうちに、ふっと亀鶴《かめつる》観音に願掛けをしようと思い立った。

亀鶴観音は、黄瀬川に出る手前を左へ折れた亀鶴観音寺にある。お菊は街道を通るたびに、この寺に参詣していた。

亀鶴は、室町時代の『御伽草子《おとぎぞうし》』の中で、三番目の美女に選ばれた遊女の名だ。小野《おの》長者の娘に生まれ、界隈一の遊女となった亀鶴は、富士の巻狩りにやって来た源《みなもとの》頼朝《よりとも》の招きを断わり、黄瀬川上流の鮎壺《あゆつぼ》の滝に身を投げたという。亀鶴は十八だった。

はじめてその伝承を聞いたとき、お菊はわが身を恥じた。八左衛門の慰み者になるくらいなら、なぜ自分も死んでしまわなかったのか。堕ちるだけ堕ちてもなお生にしがみついている己が浅ましい。だが、自分には、亀鶴のように潔《いさぎよ》く死ぬ勇気がなかった。

せめて仇を——詣《もう》でるたびに、お菊の決意は高まった。

亀鶴観音菩薩と刻まれた石碑の前に佇《たたず》み、物思いにふけっていたときである。背後で、自分の名を呼ぶ声がした。

お菊はぎくりと体をこわばらせた。見えないふりをするのを忘れ、振り返る。

やはり、吉兵衛だった。吉兵衛は、柔和な笑みを浮かべ、お菊を見つめていた。

お菊は蒼白になった。

「あ、あんたはあのときの……」

なにか言わなければと思ったが喉にからまり、声が出てこない。後ずさりしようとして石碑の土台につまずき、よろけそうになる。

「おっと。危ねえ」

吉兵衛は片手を差し出した。

お菊はその手を振り払い、息をあえがせた。

「そういやぁ、足はどうですかい」

「も、もう……すっかり……」

「そいつぁよかった」吉兵衛は心底うれしそうに言う。「お菊さんがどっかへ消えちまったんで、心配でね、ずいぶん探したんだ。なんとかもう一度逢えねえものかと……」

それ以上の説明は不要だった。吉兵衛はお菊を探していたのではない。盗まれた銭を取り戻そうとしていたのだ。いくら商談が待っているからといって、三十両もの金子を盗まれて泣き寝入りするほど、お人よしではなかったのである。

どうしよう――。

お菊は唇を噛んだ。

八左衛門の命と引き換えに、すでに十五両、前金を支払ってしまった。相手はやくざ者だ。事が終わった後、残りの十五両を払わなければ、どんな目にあわされるかしれたものではなかった。

だが、それよりまず、問題は目の前の吉兵衛である。手持ちの十五両を返したとしても、それで棒引きにしてくれるとは思えない。代官所へ引っ立てられれば一巻の終わりだ。十両盗めば首が飛ぶ。

こうなったら洗いざらい打ち明け、許しを請《こ》うしかなかった。吉兵衛の人のよさそうな笑顔に目を向け、いざ、口を開こうとしたときである。

吉兵衛が石碑を見て、

「亀鶴観音か」

と、つぶやいた。なにやら考え込んでいる。

「いや、なにね」吉兵衛は笑顔に戻った。「潔く死ぬのもむずかしいが、まともに生きるのも楽じゃねえな、と思ってね」

ちょっともじもじしていたが、吉兵衛は思いを決したように、お菊の眸《ひとみ》を見つめた。

「実はお菊さん、あんたを探していたのは、大事な話があったからなんでさ」

そら、来なすった――お菊は臍《ほぞ》を固めた。

「わかっています。あたしがあんたの銭を……」

「いいや、わかっちゃいねえ」

吉兵衛はお菊に最後まで言わせなかった。

「あっしの話を聞いてくんなせえ。あっしはお菊さんに一緒に来てもらいてえんでさ」

なんのことやらわからず、お菊はぽかんと吉兵衛の顔を見返した。

吉兵衛はてれくさそうにへへへと笑うと、

「あっしと夫婦《めおと》になっちゃあくれねえか……と、まあ、つまりはそういうこって」

お菊はあっけにとられた。

吉兵衛は眩しそうに目を瞬《しばた》くと、視線を逸《そ》らせ、

「あっしはよ、ひと目見たときから、お菊さんに惚れちまった。お菊さんなしじゃあ、この先、生きていかれねえ」

「け、けど……大店の若旦那が……あたしなんぞ連れ帰ったら大騒ぎになりゃしませんか」

「お菊さんの行方を探しながら、ここ数日、考えていたんだ。店はあっしがいなくたってどうということもない。番頭が跡《あと》を継げばいい。実は、あっしは商いは苦手でしてね。見かけはともかく、これでけっこう、手先は器用なんでさ。お菊さんと二人で江戸へ出て身を落ちつけ、真面目《まじめ》に働いて、心機一転、出直そうかと」

「けど……異国の薬を買いつける話は……」

「銭がなきゃあ、行ったってしょうがねえや。大事な商談をすっぽかしたんだ。このままじゃあ、どうせ家へは帰れねえ」

吉兵衛は首をすくめる。お菊は思わず大声を出した。

「あれはあたしが……吉兵衛さん、あたしがあんたの大事な銭を……」

「銭のことなら、どうせ泡銭《あぶく》だ。気にするこたぁない」

「え？」

「いや。あれはあっしがあんたにあげたんだ。その話はよしにしましょうや」

するすると力が抜けてゆく。鼻の奥がじんとして、涙がこみ上げた。

お菊は潤《うる》んだ目で吉兵衛の顔を見返した。

吉兵衛は醜男《ぶおとこ》だ。鈍重で、頼りなさそうでもある。が、そのやさしい心根は、お菊の乾いた心を慈雨のごとく潤した。

「どうだろう、お菊さん。あっしと一緒に来ちゃあもらえねえか」

うなずいてしまいたかった。が、お菊はためらった。あまりの幸運が信じられない。

「吉兵衛さんのようなお人に出会ったのははじめてです。一緒に行きたいのは山々ですが……」

「だったら決まりだ」吉兵衛は笑みを浮かべた。「案ずることはねえ。あんたとあっしは似た者同士だ。きっとうまくいく」

「…………」

「な、行くと言ってくれよ、お菊さん」

しばらく思案したのち、お菊はうなずいた。いったん心を決めると、迷いはあとかたもなく消えた。

「行きます」自分でも意外なほどきっぱりとした口調で言う。「吉兵衛さん、連れて行って」

「お菊さん」

人目がある。抱き寄せようとした吉兵衛の腕を、お菊はやさしく振りほどいた。

「けど、明々後日《しあさって》まで待ってください。ここで、あたしはどうしても見届けなければならないことがあるんです。それが済んだら」

「そいつはちょうどいいや。あっしも野暮用がある。なあに、どうでもいいような仕事だが、今のうちに少しでも稼いでおけば、江戸へ出てから楽ができる」

吉兵衛は「おっと、忘れるところだった」とつぶやいて、懐から撥を取り出した。

お菊は「あっ」と目をみはった。撥の入っていた袋に、盗んだ銭を詰めた。そのあと撥は懐へおさめたつもりだったが、うっかり忘れてきたらしい。今の今まで気づかなかったのである。

撥と三味線は仙吉の贈り物だ。『菊仙』と隅に小さく彫ってある特別なもので、お菊の宝物である。

吉兵衛は撥をお菊の手のひらにのせた。

「お菊さんに逢えたら、まずこれを返さにゃあと思っていたんだ」

お菊はいったん手に取ったものの、押し戻した。

「これは約束のしるしに。明々後日に、あらためて返してもらいます」

吉兵衛は眸を輝かせた。

「そうかい。そいつはありがてえ。それまでお守りにさせてもらいまさぁ」

二人は明々後日の正午、亀鶴観音の前で逢う約束をした。そのまま手に手をとって江戸へ発《た》つ手筈だ。

吉兵衛と別れて瞽女屋敷へ帰る道々、お菊の胸は小娘のようにときめいていた。

ちょっと頼りないけれど、あの人は心のきれえな人だ――。

鼻の頭に汗を浮かべ、お菊の膳に身を乗り出して、魚の小骨を取り分けてくれた吉兵衛のおっとりした笑顔が目に浮かぶ。吉兵衛とならきっと幸せになれるにちがいない。

涼風を胸いっぱいに吸い込むと、なぜか眼裏に故郷の山野が広がった。

四

約束の二日が過ぎた。

二日目の晩、お菊は本町へ出かけた。

大村屋は本町の表通りに、間口四間《けん》（約七メートル）ほどの店を構えていた。これまでにも何度か店の前を通って、近隣の人々からそれとなく八左衛門の様子を探り出している。

噂によると、八左衛門の評判はここでも散々だった。阿漕《あこぎ》な金貸しだと恐れられている。取り立ては血も涙もない。妾宅に女を囲い、博打《ばくち》にも手を染めているらしい。店には胡散臭《うさんくさ》い男たちが出入りしていた。

店のそばまで来て、お菊は足を止めた。

表に黒い幕が張りめぐらされ、入口に忌中と書かれた提灯《ちょうちん》が灯っている。

道端に固まって、近隣の女たちがひそひそ話をしていた。さりげなく近づき、

「どなたかお亡くなりになられたのですか」

と、お菊は女たちに訊ねた。

「主《あるじ》の八左衛門さんですよ」

「店の者は急な病で亡くなったってんですがね……」

「とんでもない。だれかに心の臓を短刀でひと突きにされたんだそうで」

女たちは口々にしゃべりたてた。

「心の臓をひと突き？」

「ここだけの話ですがね、女中が言うには、八左衛門さんは昨夜、妾宅にいたそうで、夜中に手水《ちょうず》に起きたとき、暗闇に潜んでいた暴漢に襲われたんだそうですよ」

「暴漢？」

「おおかた、妾の間夫《まぶ》かなにかでしょう。銭にものを言わせて無理やり妾にしたと言いますからね」

「それでなくたって、大村屋に恨みを抱く者はいくらでもいますしね」

それだけ聞けば十分だった。

八左衛門は死んだ。何者かに刺殺された——。

思っていたほどの感激はなかった。いざ仇討ちが成ってみると、妙に味気なく、空疎《くうそ》な

思いだけが残った。が、肩の荷が下り、体が軽くなったのはたしかだ。

やくざ者は約束を守った。冷徹で大胆な男――闇の仕事に熟練した男が、痕跡ひとつ残さず、仙吉とまったく同じ方法で八左衛門の息の根を止めたのである。

終わった――。

お菊は吐息をついた。過去を忘れ、新しい暮らしをはじめるには、どうしてもこうするしかなかったのだと自分を納得させる。これからは新しいお菊として生きてゆこう、吉兵衛とともに……。

その夜は眠れなかった。まんじりともしないで、明日からの暮らしを思い描く。空が白みはじめる頃には起き立ち、旅支度を済ませて、粥で腹を満たした。

「お菊さん、あんた、あたしらと一緒に上州《じょうしゅう》へ行かんかね」

粥をすすっているとき、顔見知りになった瞽女仲間に声をかけられた。

「ありがたいけど、あたいには待ってる人がいるんだよ」

我知らず声がはずんでいる。

陽が昇るのを待ちかね、瞽女屋敷をあとにした。

お菊はもはや瞽女ではない。川廓の居酒屋でやくざ者に残りの十五両を渡したら、その足で亀鶴観音へ行く。それからは、晴れて吉兵衛の女房だ。

お菊は居酒屋へ急いだ。

「ではたしかに、約束のものをいただきますぜ」

男は、金包みに手を伸ばそうとした。

と、そのときだった。身を乗り出した拍子に、男の懐から転がり落ちたものがある。

お菊は息を呑んだ。

「こ、これは……」

訊ねた声がふるえていた。

男は苦笑を浮かべ、撥を拾い上げて懐へおさめた。

「仕事をした奴が、落として行ったのさ」

「仕事をしたって」

男はあたりを見まわし、人がいないのをたしかめた上で、

「大村屋を殺った奴でさあ。逃げ出すとき道端に……。表であっしが見張っていたんで助かったんだ。こいつがめっかったら、へたなとこから足がついたかもしれねえ」

「そんならその男が懐に撥を……」

「へへ、女にでももらったんじゃねえのかね。妙なお守りでさあ」

お菊は絶句した。

「こういった仕事にかけちゃあ、奴の右に出るもんはいねえ。普段ならこんなへまはしね

えんだが……なんでも今回限りで足を洗うんだそうで。気が逸《はや》っていたにちげえねえ」

だから、こういうときのためにあっしが必要なんだ。雀の涙ほどの仲介料でごまかされたんじゃあ割りにあわねえ――男はここぞとばかり愚痴《ぐち》りはじめたが、お菊は聞いていなかった。

衝撃の余り、頭から血がひいてゆく。

では吉兵衛が、銭のために八左衛門を刺殺したというのか――。

雄牛を思わせる体軀、人好きのする笑顔がまぶたに浮かぶ。

まさか……そんなはずが――。

「そんじゃあよ、姉さん、あっしはこれで」

愚痴ったところでびた一文引き出せないと観念したのか、男はおもむろに腰を上げた。

お菊はあわてて男の袖を引っ張った。

「待っとくれ。その男のことだけど……」

「悪いが、その話はなしだ。あっしの名も奴の名も、訊かねえ約束ですぜ」

「名を訊くつもりはありませんよ」

お菊はなけなしの一両を男の膝元に置いた。

男は素早くひったくって、しぶしぶ浮かせかけた腰を落とす。

「いったいよ、姉さんはなにが知りてぇんで？」

「その……大村屋を殺った男は……」お菊は息をあえがせた。「大柄で、もさりとして、いかにも人がよさそうな……」

男はにやついた笑いを浮かべた。

「ご推察どおり。見かけはよ、毒にも薬にもならねぇしまりのねえ男だ。だから、みんなごまかされる。え？　そうじゃあねえかい。懐にドスを呑んでおりますってぇ顔をしてちゃあ、相手に用心されちまわあ」

「そ、その男はそれじゃあ……八左衛門だけでなく、これまでにも……」

「そりゃあそうさ。そいつが奴の仕事なんだ。ほんとなら、人気のない夜道で、道を訊ねるふりをして近づく。そこでズブリってぇのが奴の手口なんだがよ……」

お菊は身ぶるいをした。背筋を悪寒《おかん》が駆け抜ける。街道で、お菊のあとを尾いて来た男の、ひたひたと砂を踏む足音が聞こえたような気がした。

「ま、いいやな。奴もこれが最後の仕事だ」男は独《ひと》り言《ごと》のように言うと、「あの顔を見れば、たいていは油断する。親切に道を教えようとしたところをすかさず……てなわけなんだが、今度ばかりは勝手がちがった。奴はよ、昔、大村屋に雇われたことがあったんだ」

お菊は目をみはった。

「そうなんだ。なんでも府中《ふちゅう》にいた頃、一回、若いのを殺ったことがあるそうだ。それでよ、一度はこの仕事下りると言い出した。ところがあっしが頭を抱えていると、やっぱりやると言いに来た。その訳がふるってるぜ。女に惚れちまったんだとさ。新しい暮らしをはじめる元手がいるんだと。でよ、いつもと同じ手ってわけにゃあいかねえ。妾の家に忍び込むことにしたんだ」

お菊は言葉を失っていた。寒風が胸のなかを吹き荒れている。

「それにしても皮肉なもんじゃねえか。大村屋の旦那は、自分が昔、雇った野郎に殺られちまった」男はくつくつ笑うと、「もういいだろ、そんじゃあ、あばよ」と、腰を浮かせた。

お菊も今度は引き止めなかった。考える気力すら失っている。

どれくらいそうしていたか。

よろめくように居酒屋を出たとき、すでに陽は頭上に昇っていた。

放心した顔で東方の空を眺める。このまま観音寺へ行って待っていれば、吉兵衛がやって来る。愛嬌のある笑顔の下に、お菊の知らない、冷酷な顔を隠して……。

吉兵衛の懐には、ついさっきまでお菊が握りしめていた金子が入っているはずだ。その銭はもともと、吉兵衛が人を殺して得た報酬だ。それをお菊が盗み、まわりまわって持ち主の手に戻ったのである。考えようによっては、仙吉を刺殺して得た金子だとも言えた。

お菊は暗澹《あんたん》とした思いに沈み込んだ。

瞽女のふりをして旅人の懐を狙う。虫も殺さぬ顔をして人の命を買う。お菊が二つの顔を持っているように、吉兵衛がお菊に見せた顔の他にもうひとつの顔を持っていたとしてもおどろくにはあたらない。そう思おうとしたものの、夢は秋空の下ではじけ、こなごなにくだけ散った。

それにしても皮肉な――。

驚愕が去り、落胆が消え去ると、肚《はら》の底に笑いが湧いた。

声を出して笑った。道行く人々が振り返る。それでも笑いは止まらなかった。笑っているうちに、涙があふれた。

手の甲で涙を拭い、くるりと踵《きびす》を返す。

西方へ、故郷の方角へ、お菊は足を踏み出した。

はぐれ者指南

一

小屋は熱気に包まれていた。

東海道は浜松宿《はままつ》。国領屋亀吉《こくりょうやかめきち》を名乗る大親分の仕切る、八丁畷《はっちょうなわて》の賭場《とば》である。

「張ったり、張ったり」

中盆《ちゅうぼん》の安次郎《やすじろう》が声をはりあげる。

丁座半座に居並ぶ張り子たちが、盆茣蓙《ぼんござ》の上にコマ札を置いた。コマ札は「びたコマ」だ。各々《おのおの》、勝負前に、貸元から銭百文で買っておいたものである。

安次郎は目でコマ札の数をかぞえた。

「足りねえな」丁座の張り子の顔を順ぐりに見渡す。「丁ないか、ないか」

峯六《みねろく》と目が合うと、戸惑《とまど》ったように視線を逸《そ》らせた。

「ちっ。女みてえな野郎だぜ」

吐き捨てる声が聞こえた。

峯六は片膝を立てている。先刻から、安次郎が自分のあらわになったふくらはぎに目をうばわれていることに気づいていた。

男か女か、探ろうとしているのだ。

峯六は唐桟《とうざん》の小袖《こそで》を尻はしょりに着て、晒《さらし》の股引きをはき、長い髪を頭頂《とうちょう》でくくっている。男にも見えるが、白い横顔、華奢《きゃしゃ》な体つき、なめらかなふくらはぎは、どう見ても女のものである。直々《じきじき》に調べようにも、勝負の場に邪念は禁物《きんもつ》。

中盆が目を逸らすのを見て、峯六は肩をすくめた。好奇な視線には慣れっこになっている。中盆だけでなく張り子たちの大半が自分を盗み見しているのはとうに承知していた。

峯六が国領屋一家に草鞋《わらじ》を脱いだのは、ひと月ほど前である。亀吉は峯六の仁義通《どお》り、子分たちに「弟分の峯六」と紹介した。

峯六は女だ。本名はお峯。歳《とし》は二十二。生まれは甲州《こうしゅう》。惚れた男をやくざ者に殺され、仇《あだ》を討って、急ぎ旅に出た。急ぎ旅とは兇状《きょうじょう》持ちの旅――捕吏《ほり》に追われる旅のことだ。女の急ぎ旅には厄介事《やっかいごと》がつきものである。ことに関所越えには難儀する。「峯六」名義の贋《にせ》の通行札を所持しているのは、旅先での面倒を避けるためだった。

「丁ないか」

安次郎の呼びかけに、お峯はコマ札を盆茣蓙に置いた。

一同の視線がいっせいにお峯の手元に注《そそ》がれる。

安次郎は首をすくめ、壺《つぼ》振りの作蔵《さくぞう》に合図を送った。

「壺ッ」

作蔵は壺笊《つぼざる》にふたつの賽《さい》を投げ入れ、盆茣蓙の上に伏せた。一同は息を呑み、作蔵の手元に視線を移す。

「勝負ッ」

作蔵は一気に壺笊を持ち上げた。

「ピンぞろ」

賽の目はいずれも一。合計は偶数で、またもや丁座の勝ちである。

ざわめきが湧き上がった。丁座の面々がコマ札をかき寄せ、半座から罵声やため息、舌打ちがもれる。

と、そのときだった。

「ちくしょう、がまんならねえ」

呻《うめ》くようなつぶやきが、お峯の耳に飛び込んできた。目を上げると、真正面に座る大男が、悲壮な顔で盆茣蓙を睨《にら》みつけている。

そういえば男はお峯には目もくれず、博打《ばくち》に熱中していた。よほど入れ込んでいるらしい。全身から汗を噴き出し、壺振りの手元を食い入るように見つめている。

猪首《いくび》にのっかった顔は、七福神の布袋《ほてい》に似ていた。下がり眉に細い目、団子鼻、分厚い唇――こんな状況でなかったら、愛嬌たっぷりに見えたろう。

男は今やすっからかんだった。コマ札がなければ、勝負は出来ない。膝に置いた両手をぶるぶるふるわせ、しばし放心したのち、いきおいよく腰を浮かせた。

退座するのかと思ったが、そうではないらしい。腰を浮かせかけたところで、小屋の戸口に目を向けた。

戸口には浪人がいた。色あせた小袖に野袴《のばかま》、総髪をうなじで無造作にくくって、長脇差を帯びている。ひょろりと背が高く、顎《あご》のとがった貧相な顔をした男だ。怯《おび》えた野兎のように、きょときょと視線を動かしていた。

お峯は、大男が浪人に素早く目配せを送るのを見た。と思うや大男は仁王立ちになり、中盆に向かってわめきたてた。

「こいつは手目《てめ》だ。賽を見せろ。でなけりゃ、銭を返しやがれ」

たしかに丁の目がつづいている。壺笊か賽に仕掛けがあるらしい。

にわか仕立ての小屋で開かれる隠れ博打に、「手目博打」と呼ばれるイカサマはつきものである。素人衆ならともかく、やくざ者はそれを承知の上で、巧妙に利をかすめ取る。因縁などつけるのは愚《ぐ》の骨頂《こっちょう》だ。

案《あん》の定《じょう》、安次郎の顔に凶暴な光がよぎった。

「もう一度言ってみやがれ」

「何度でも言ってやらあ。こいつは手目だ」

「てめえ、ぶっ殺されてえのか」

安次郎が奥に向かって合図をすると、屈強な用心棒があらわれた。が、用心棒が飛びかかるより早く、大男は両手で盆茣蓙の縁《ふち》を持ち、ひっくり返した。

コマ札が飛び散り、砂埃が舞い上がる。張り子たちが悲鳴をあげて逃げまどうなか、大男は盆茣蓙を楯に数歩あとずさりした。貸元の席に座っている代貸の首根っこをつかみ、部屋隅に放り投げる。その機《き》を逃さず用心棒が大男の足を払った。大男はつんのめった。多勢に無勢、たちまち殴る蹴るの総攻撃を浴びる。

小屋のなかは大混乱になった。だれもが大男を袋叩きにすることに熱中している。お峯だけは大男を見てはいなかった。浪人の動きを目で追っている。

浪人は敏捷に貸元の席に近づいた。銭箱を抱える。大男が騒ぎを起こし、その間に浪人が銭を奪って逃げる――かねてからそう手筈が出来ていたのだろう。

二人の目論見《もくろみ》は成功するかに見えた。が、あと一歩というところで邪魔が入った。知らせを受けた亀吉と子分たちが駆けつけたのである。浪人は出口をふさがれ立ち往生した。

「出来心だ。頼む。勘弁してくれ」

浪人は土間にはいつくばって、がたがたふるえ出した。

おやまあ。とんだ腰抜け侍だ――。

お峯は苦笑した。大男に目をやると、こちらも正体なく伸びている。馬鹿力はあっても喧嘩は弱いらしい。おそらく二人は、賭場荒しもはじめてにちがいない。そのくせ身の程知らずにも事を起こした。それ相応の理由があるのだろう。

お峯は大男のそばに歩み寄った。

大男はぴくりともしなかった。血だらけ痣《あざ》だらけの見るも無残な姿で仰臥《ぎょうが》している。

安次郎はじろりとお峯を睨んだ。挑発するように、大男の腹を蹴りあげる。

子分どもは大男と浪人を荒縄でしばりあげた。

「こいつはなに者だ？」

亀吉が浪人に訊《たず》ねた。

「名は源太《げんた》。知り合ったばかりゆえ、素性は知らん」

浪人者は困惑顔でこたえた。

自分の名は黒磐七之助《くろいわしちのすけ》、もとは田中《たなか》藩の侍だが、喧嘩沙汰を咎《とが》められ、禄《ろく》を離れた。今回のことは、源太が銭がほしいと思い詰めているので、しぶしぶながら加勢を買って出たのだと、七之助は説明した。

「かまうこたぁねえ。簀《す》巻《ま》きにして、海に放り込んじまえ」

安次郎が言えば、博打を中断された張り子たちも、そうだそうだと声をそろえる。

亀吉は思案しているようだった。

「代官所へ突き出すのが一番だが……」

博打はご法度である。賭場荒しを役所へ突き出せば、亀吉も同罪。お縄になりかねない。といって、このままでは子分たちが納得しない。

それを見て、お峯が助け船を出した。

「親分、こいつは竹居《たけい》の吃安《どもやす》親分の身内じゃねえかと思うんだ」

「竹居の親分の……」

「引き合わされたことがあるような気がする」

座がざわめいた。竹居の吃安といえば、知らぬ者のない甲州の大侠客である。

「そんなら話は決まった。竹居の吃安親分に知らせをやろう。こいつらの処分は親分の返事を待って決める」亀吉は一同の顔を見渡して言うと、あらためてお峯に目を向けた。「それまで峯六、おめえに預ける。介抱してやるなぁいいが、小屋から出すんじゃあねえぞ」

七之助がおどろいたようにお峯を見上げている。

なかにはまだ不平を鳴らす者もいたが、親分の命令とあらば、従うよりなかった。

騒動はおさまった。後始末を終え、亀吉は子分どもを引き連れて帰ってゆく。

「へっ。覚えてやがれ。出まかせだとわかったら、てめえもただじゃあすまねえぞ」

去り際、安次郎はお峯に向かって吐き捨てた。


「さっきの話だが、まことか」

一同が出てゆくと、七之助が訊ねた。

「出まかせさ」

お峯はすましてこたえた。七之助は目をむく。

「ばれたらどうする」

「そのときはそのときだ」

「それにしても、なにゆえおぬし、おれたちを……」

七之助が訊ねようとしたとき、源太がうめいた。二人は源太に目をやる。

頑丈な体つきだけあって、あれだけ打ちのめされても、源太はさほどこたえてはいないようだった。けげんな顔であたりを見まわしている。

「だれにも取《と》り柄《え》のひとつはあるものだ。喧嘩は弱いが、こいつは不死身らしい」

七之助の言葉を聞き流して、お峯は源太の荒縄を解いてやった。

「でっかけりゃいいってもんじゃあねえんだ。頭ってなぁ使うもんだぜ」

源太は目を瞬《しばた》いて、「おめえ、だれだ？」と問い返した。

「覚えていねえのか」

源太は糸のような目で、お峯の顔を眺めた。頭が痛むのか、うっと顔をしかめる。

「そうだ。おいらの真正面にいた……」

「峯六だ。覚えとけ」

「このお若いお方はな、おれたちを助けてくれたんだ。とりあえず、ということだが」

七之助が経緯を説明する。話を聞くと、源太は顔をゆがめた。

「そんじゃあ、おれたちはしくじったのか」

お峯は思わず失笑した。

「賭場荒しってのはな、簡単にはいかねえんだ。ここは国領屋の縄張りだ。銭箱を奪ったところで、どうせとっつかまる。早々とつかまって、むしろ運がよかったと思うんだな。銭を使い込んでからじゃあ、どう言い訳しようが魚の餌だ」

源太は息を呑んだものの、なおも言い張る。

「なんとしても、銭がいるんだ」

「なんに使うんだ」

「そいつはその……」

「話したくなけりゃいいや。それより、おめえ、どこの身内だ」

「若い頃は三河原町《みかわはら》の炭彦《すみひこ》親分の世話になっていたんだが」

「駿府《すんぷ》の炭彦か。役には立たねえな」

炭彦親分は一時期、駿府一の俠客として羽振りをきかせていた。だが新興の俠客、安東《あんどう》の文吉《ぶんきち》と喧嘩沙汰を起こし、雲隠れしてしまった。子分はちりぢりになり、文吉の身内に鞍替えする者もいたが、力士から博徒になる際、面倒をみてくれた炭彦親分への操《みさお》をたてて、源太はどこの身内にもならぬまま、渡世人として楽旅をつづけていたという。

楽旅は、兇状持ちでない――つまり捕吏に追われる心配のない気楽な旅である。

「おめえは?」

今度は源太が訊ねた。

「おいらもはぐれ者さ。生まれは甲州、とだけ、言っておかざあ」

お峯はすげなくこたえる。

なぜ二人をかばったのか、自分でもわからなかった。初対面の、縁もゆかりもない男たちである。一人は丈夫なだけが取り柄のやくざ者。もう一人は覇気《はき》も腕力もなさそうな浪人者。おまけに二人とも、ふところはすっからかんらしい。

「ともかく傷の手当てをしなけりゃならねえな。といっても薬はねえが」

「もったいねえ。薬なんぞいらねえや」

源太は土間に胡座《あぐら》をかくと、犬や猫がするように、傷口をぺろぺろなめはじめた。

「言ったろ。この程度の怪我、こいつにとっちゃあ蚊に刺されたくれえのもんさ」源太の恰好《かっこう》を眺め、七之助は腹を抱えて笑う。「ついでにこっちの縄も解いてくれ」

竹居の吃安から返事がくるのは、早くて四日か五日後だ。それまでに二人を逃がしてやらねばならない。二人を逃がせば、お峯も国領屋一家にはいられない。

ちょうどいい潮時だ、と、お峯は思った。安次郎の変態じみた視線も煩《わずら》わしくなっている。どうせ天涯孤独なのだ。浜松宿に留《とど》まる理由はない。捕吏の目のごまかせるところならどこでもよかった。

「逃げたけりゃあ、逃げてもいいんだぜ」

お峯が言うと、七之助はいぶかしげな顔をした。

「承知の上で助けたんだ。自分の身は自分で面倒をみるさ」

「おれたちが逃げれば、あんたが制裁を受けることになる」

「妙な奴だの。おれたちより、よほど肝《きも》が据わっている」

七之助はまじまじとお峯の顔を見た。失うものを失い尽くして恬淡《てんたん》とした顔は、世俗にまみれた男の目には薄気味悪く見える。

「おい。早いとこ、逃げようぜ」

七之助は源太を追い立てた。

「逃げる？　どこへ、逃げるんだ。おいらは行かねえよ」

源太はあっさり断わった。

「ここにいたら命はない。簀巻きにされて、海に放り込まれるぞ」

「そうならそうでしかたがねえや。約束したんだ。見捨てるわけにゃあいかねえ。行きたきゃ、兄貴一人で行きな」

源太が梃《てこ》でも動かぬとわかると、七之助はため息をついた。

「わからずやめ。こいつのお人よしにはあきれ返る」

「なにか事情があるようだな」

お峯が好奇心に駆《か》られて訊ねると、七之助はうなずいた。

「源太には惚れた女がいるんだ」

お峯はおどろいて源太を見た。傷口をなめ終えた源太は、大の字になって目を閉じている。

「旅籠女郎《はたごじょろう》だ。おつやと言うんだ。おつやも源太に惚れて、一緒になりたいと泣きついたと言うが……身請《みう》けするには銭がいる」

「で、賭場荒しをしたのか。ばかな奴だな。ところで、おめえはなんで助《すけ》っ人《と》を買って出たんだ」

お峯が訊ねると、さあな、と、七之助は首をかしげた。

「短いつきあいだ。助太刀せねばならぬ義理はない。だが、こいつに涙をこぼして頼まれた。自分は殴り殺されてもいい。やられている間に銭を奪って、おつやを自由にしてやってくれと……」

「その言葉にほだされたのか」

「かもしれん。腕はからきしだめだが、おれは足には自信がある。銭箱を盗んで逃げるくらいなら、できるやもしれぬと思った。やりたいことがあるわけではなし。無為な日々を過ごしているだけだ。ま、やってみるか、と……そんなところさ」

二人は申し合わせたように源太を見る。源太は太平楽に鼾《いびき》をかいていた。

「こいつは言い出したら聞かない。その上、困ったことに、惚れっぽい」

事情はわかった。ばかばかしいと笑い飛ばすこともできたが、お峯は笑えなかった。

「なんとかしなけりゃならねえな」

「したくても、肝心の源太がいやだと言うのだ。どうにもなるまい」

七之助はため息をつく。自分一人で逃げ出す気はないらしい。

お峯は思案した。

「こうなったら、おつやを身請けするしかねえな」

七之助は鼻を鳴らした。

「それが出来ればはじめから賭場荒しなどするものか」

「おめえたちにゃあ無理さ。けど、おいらには出来る。安次郎に勝負を挑むんだ」

「勝負？」

「あいつはおいらの秘密を探ろうと躍起《やっき》になっている」

浜松宿の旅籠女郎は、国領屋一家の抱えである。親分をなかに立て、賽で勝負を挑む。

お峯が勝てば、褒美としておつやをもらい受ける。

お峯の説明を聞いて、七之助は目を輝かせた。なにもしないで手をこまねいているより五分の運に賭けたほうがましである。ただし、ひとつだけ、気掛かりなことがあった。

「おぬしが負けたら、なにをくれてやるんだ？」

七之助が訊ねると、お峯はこともなげに言い放った。

「おいらの秘密を拝ませてやる」

二

小屋は水を打ったように静まり返っていた。

盆茣蓙をなかに、お峯と安次郎が対峙《たいじ》している。二人の間に亀吉が座り、子分どもが三人を取り囲んでいた。七之助と源太は荒縄でしばられ、部屋隅に転がされている。

安次郎とお峯は、すでに一回ずつ壺を振っていた。壺笊も賽も亀吉が用意した。イカサマは出来ない。勝負はまったくの運まかせである。丁の目が二度出れば安次郎の勝ち、半の目がつづけばお峯の勝ち。あいにく丁、半と出て、引き分けだった。三度目は亀吉が壺を振ることになっている。

「五分と五分。さて、わしの番だ」

亀吉は壺笊と賽を引き寄せた。

「泣いても笑ってもこれで勝負が決まる」

お峯と安次郎の顔を交互に眺め、二人がうなずくのを見て、賽を壺笊に放り込んだ。

「勝負」

亀吉は壺笊を宙でくるりとまわし、盆茣蓙の上に伏せた。

「丁」

「半」

全員の視線が壺笊に吸い込まれる。源太がひきつったようにしゃっくりをした。

壺笊を開ける瞬間、亀吉はお峯の目を見つめた。

「ピン六の半」

安次郎は蛙《かえる》が喉をしめ上げられたような声をもらした。

「やった。やった。やった」源太が連呼し、「うるせえっ」「黙りやがれ」と、子分どもが怒鳴りつける。腹立ちまぎれに源太に蹴りを入れようとして、亀吉に怒鳴りつけられる者もいた。

お峯はひと言も言葉を発しなかった。じっと亀吉の眸《ひとみ》を見つめている。

亀吉はすっと視線を逸らせた。

「峯六の勝ちだ。文句を言う奴は、親子の縁を切る」

わかったら行け——親分にねめつけられ、子分どもはぞろぞろ帰って行く。最後に安次郎が憎々しげにペッと唾を吐き捨てて出てゆくと、亀吉ははじめてお峯に目を向けた。

「このままでは済むまい。女を連れて逃げろ。そこの……」と、七之助と源太に顎をしゃくって、「与太者どもも連れてゆけ」

「親分……」

亀吉は背を向けた。出口へ向かう。

お峯は追いすがった。

「親分はおいらのために手目を……」

だれも気づかなかった。が、お峯は気づいた。壺笊を宙でくるりとまわしたあのとき、亀吉は指の間に隠した針を壺笊に刺した。壺笊を開ける際、針を素早く動かし、賽の目が半になるよう調節した。

亀吉は肯定も否定もしなかった。表へ出ようとして足を止め、背を向けたまま、「お峯さん」とつぶやいた。棒立ちになったお峯に、

「女に戻る日が来たら、そんときは、顔のひとつも見せに来な」

言い残して去ってゆく。

お峯は呆然と突っ立って、亀吉の後ろ姿を見送った。

「お峯さん？　そんじゃあ、おめえは……」

「なるほど。そういう秘密があったのか」

七之助と源太は顔を見合わせた。

「源太」

「わかってらあ」

「おれたちなら大丈夫だ。口が裂《さ》けてもしゃべらねえ」

お峯が縄をほどいてやると、二人はお峯の足元に両手をついた。

「おぬしのお陰だ。このとおり、恩にきる」

「おいらも、この恩は生涯忘れねえ。お峯さ……おっといけねえ。峯六兄いのお陰で、おいらも晴れて男になれる」

「女を捨てた女と男になった男、か。おかしな取り合わせだね」

お峯は頬をゆるめたものの、すぐに真顔になった。

「こうしてはいられないよ。おまえたちはお逃げ。おつやさんはおいらが迎えに行く」

七之助はうなずいた。

「わかった。場所を決めて落ち合おう」

源太はおつやが気にかかるのだろう。不安そうな顔をしている。

「安心おし。おつやさんは必ず連れて行く。あとは二人、手に手を取って道行としゃれこめばいいだろ」

「おれも邪魔はすまい。おぬしとはそこで別れる」

七之助の言葉に、源太はおどろいて、

「別れるって……それじゃあ、兄貴はどうするんだ」

「おれは峯六と行くことにした」

七之助は当たり前のように言う。

「おいらと一緒に？」

お峯は目をみはった。

「旅は道連れと言うではないか。一人より二人のほうが危難が少ない」

臆病の上に素寒貧《すかんぴん》――逃げ足の速さだけが取り柄という男である。むしろ危難が倍増するような気がしたが……。

「よし。話は決まった」

「すまねえな。おいらのために」

「源太、礼はあとだ。峯六、おぬしは早いとこ行ったほうがいい」

浜松宿のはずれで落ち合う手筈を決め、お峯は小屋を飛び出した。

三

道を急ぎながら、お峯はおつやの横顔を盗み見た。

お峯の視線に気づくと、おつやは頬を染め、体をくねらせた。人の目が気になるのか、それとも追手が気がかりなのか、怯《おび》えたようにあたりを見まわす。

お峯が旅籠を訪ねたとき、おつやは旅支度をして待ち構えていた。ひと足先に亀吉の遣《つか》いがやって来て、おつやの借金を棒引きにしていったという。

この女が源太の――。

ひと目見て、お峯は首をかしげた。

おつやは着古した肌着のように色あせていた。顔だちも美人とはいえない。にもかかわらず、源太ならずともくらりとしそうな色気があった。体のどこにふれても甘い蜜がこぼれそうだ。

この手の女に泣きつかれたら――。

女のお峯にも、源太が命を張って助け出そうとした気持ちがよくわかる。が、どう考えても、源太とおつやの道行の場面は思い浮かばなかった。

ま、いいさ――お峯は胸のうちでつぶやいた。似合いの夫婦などそうそういるものではない。二人が惚れ合っているというなら、それで十分である。

おつやは道端の木立をちらちらと眺めている。

「どうした？　追手が気になるのか」

おつやの態度が気になって、お峯は足を止めた。

「いえ……」

おつやは首を横に振る。

「心配はいらねえ。おいらは腕に自信があるんだ。追手の十人二十人、へでもねえや」

胸を張ると、おつやはお峯に潤《うる》んだ目を向けた。うっとり見惚れ、はっとしたように目を逸らす。視線はまたもや木立の奥に注がれていた。

「だれかいるのか。さっきから気にかかっているみてえだが」

木立に顎をしゃくると、

「いえ」

と、唇をふるわせる。

じれったくなって、お峯は歩みを速めた。

「もうすぐ源太に逢えるぜ」

「…………」

「おめえのために、源太は命を張ったんだ。そいつだけは忘れるなよ」

おつやは息をもらし、小走りにあとを追いかけてきた。


宿はずれに着くまでは、なにごとも起こらなかった。

道標の陰に、源太の巨体と、七之助の枯れ木のようにひょろりとした姿が見えた。

二人が無事とわかり、お峯は安堵した。

安次郎の狙いはお峯である。亀吉の厳命があるから、お峯がおつやを連れ出しても手は出せない。が、源太と七之助を逃したとなれば話は別である。二人が逃げるのをわざと見逃しておいて、四人が顔をそろえたところを襲う気でいるのではないか。

七之助は亀吉の子分どもに脇差を奪われた。源太はもともとが素手《すで》。四人のうち武器を持っているのはお峯だけだ。腰に脇差、ふところに短刀。それだけでは心もとない。

源太はおつやの姿を見ると、子供のような笑《え》みを浮かべた。七之助の制止を振りきって一目散に駆けて来る。

苦笑しつつ七之助もあとにつづいた。

「おつや。よかったな。これでおめえは自由の身だぜ」

源太は感極まって叫んだ。細い目から涙が迸《ほとばし》る。

「おいおい。街道の真ん中で泣く奴があるか」

「そうは言ってもよぉ、こいつが泣かずにいられるか」

源太の腕に抱え込まれ、おつやは当惑したようにうつむいている。

「七之助の言うとおりだ。泣いてる暇はねえよ」お峯は二人の背を押しやった。「おめえらは先を急げ」

「そんなに急《せ》かすなよ。まだ礼も言ってねえんだ」

源太は唇をとがらせる。

「礼なんかいい。やつら、きっとあとを尾《つ》けている。ここはおいらにまかせて、さ、早いとこ、行ってくれ」

お峯の口調には有無《うむ》を言わせぬ響きがあった。

「そんなら……兄い。七之助の兄貴も」

「うむ」

「おつやさんと、幸せに暮らすんだぜ」

「ああ。兄いたちも達者でな」

源太はくるりと背を向けた。おつやの手をつかんで歩き出す。

おつやは一度だけ未練げに振り向き、訴えるようにお峯の目を見つめたものの、源太の馬鹿力にひきずられ、たちどころに視界から消えた。

お峯と七之助も東へ歩を進める。あてはないが、ともあれ安全なところを見つけて逃げ込まなければならない。

「あの女、おぬしにひと目惚れしたようだの」

肩を並べて歩きながら、七之助はにやりと笑った。

「ばかな。女が女に惚れられてどうする」

「それもそうだ」七之助は磊落《らいらく》な笑い声をあげた。「しかしなんだの、おれならあの手合いはごめんこうむる。源太は一気にやせ細るぞ」

「そんならちょうどいいや。腹をひっこめねえと、あいつ、今に足元が見えなくなる」

勝手なことを言い合いながら、天竜川《てんりゅうがわ》へ向かう。川を越えれば見附《みつけ》宿だ。

「ここまで来ると、晴れた日は富士山がうっすら見える。それで見附と言うんだ」

七之助が知ったかぶりを披露する。

「見附といやぁ日本左衛門《にほんざえもん》だな」

「へたをすりゃあ、おれたちも首が飛ぶ」

大泥棒・日本左衛門は見附で打ち首獄門となった。

天竜川の渡船場は中野《なかの》村にある。そこから舟に乗ると、いったん中州で乗り換え、対岸の池田《いけだ》村に出る。池田村は東海道から北へはずれた場所にあった。わざわざ池田村に入り、迂回して見附宿へ到達するように道が定められているのは、中泉《なかいずみ》代官所で旅人の監視をするためだ。お峯は脛《すね》に傷のある身、代官所の前をぬけるのは危ない。

「ここは用心して、もっと北で舟を見つけるほうがよいやもしれん」

目的のある旅ではなかった。遠回りしても、危険は避けたほうがいい。だが、脇道へ入れば、別の危険があった。安次郎である。安次郎が簡単にあきらめるとは思えない。人の往来が途絶《とだ》えれば、ここぞとばかり襲いかかってくるだろう。

「奴らが尾けているはずだ。用心しようぜ」

お峯が言ったときである。

背後で足音が聞こえた。安次郎のわめき声も聞こえる。

「駆けっこならまかせておけ」

七之助はお峯の手をつかんで駆け出した。が、自慢の足も役に立たなかった。前方からも追手が駆けて来る。挟み撃ちだ。左右の山野に逃げ込もうとしたが、どちらも追手にふさがれていた。ざっと見たところ、十数人。いずれも亀吉の子分どもだ。槍《やり》、刀、丸太、鋤《すき》と、それぞれ武器を構えている。

「峯六。今度こそ、言い逃れは出来ねえぞ」

陰惨な嗤《わら》いを浮かべて、安次郎は二人の前へ進み出た。

「賭場荒しの悪党を逃したんだ。てめえもぐるにちげえねえ」

やっちまえ、というように、安次郎は子分どもに顎をしゃくった。

絶体絶命である。

「おい、これを使え」

お峯は脇差を七之助に放った。自らは短刀の鞘《さや》を払う。

「だ、だ、だめだ。刀は苦手なんだ」

七之助はふるえる手で脇差を受け取ると、蒼白な顔でお峯を見返した。

「それでも侍かい」

お峯はあっけにとられた。とんだ道連れだ。これなら一人のほうがまだましだと思ったが、愚痴を言っている暇はなかった。

「よこせ」

お峯は短刀を口にくわえると、七之助の手から脇差をひったくった。払った鞘を七之助に握らせ、抜き身を八双《はっそう》に構える。ひと目で手練《てだれ》とわかる構えに、追手は息を呑んだ。互いの腕を探り合うような、緊迫した一瞬が流れた。

「相手は女。どうせ恰好だけだ。やっちまえ」

安次郎が吠える。その声に押され、数人が奇声をはりあげて前に飛び出した。

七之助はぎゃっと叫んで、お峯の後ろに身を隠す。

お峯はすり足でじりじり後ずさり、相手を十分ひきつけておいて、一気に斬り込んだ。槍を振り払い、刀をはね上げ、丸太を突き出した男の足をなぎ払う。大上段に脇差を構えると、ぴたりと動きを止めた。

お峯の優勢に勇気を得たのか、七之助は一、二歩、前へ進み出て、へっぴり腰で脇差の鞘を振りまわす。隙《すき》を見て、足元の小石を拾って投げつけた。

安次郎がわめくたびに、数人が攻勢に出る。そのたびに、お峯に斬り込まれる。手負《てお》いの数が増えるにつれ、追手は及び腰になった。

どのくらい闘争がつづいたか。お峯は、往来の人々が遠巻きにして喧嘩を眺めているのに気づいた。ということは、だれかが役人を呼びに行ったとみたほうがいい。お峯は焦った。こうなったら一気にけりをつけなければならない。くわえた短刀の柄を握り、狙いを定めて投げつける。

短刀は安次郎の太股に命中した。うっと呻いて、安次郎は身をかがめた。

追手の一団はとたんに戦意を失った。夢から覚めたようにあたりを見まわす。

役人が怖いのは彼らも同様。これ以上喧嘩が長引けば、役人に捕まる恐れがあった。亀吉の怒りも買うことになる。

「ちっ。覚えていやがれ」

安次郎は憎々しげに叫ぶと、子分どもに退散を命じた。

ある者は腕や肩から血を流し、ある者は腹を抱え、足を引きずる子分どもを従え、安次郎も苦痛に顔をゆがめ、噴き出る血を抑えながら逃げてゆく。

追手の姿が見えなくなると、七之助は地べたにへたり込んだ。放心したように虚空を睨み、肩で息をつく。

お峯は七之助の手から脇差の鞘を取り上げ、血ぶるいした刀を鞘におさめた。地面に転がった短刀を拾い、懐紙《かいし》で血糊《ちのり》をぬぐって、これも鞘におさめる。涼しい顔で七之助に近寄ると、肩をぽんと叩いて、

「行こうぜ」

と、声をかけた。

七之助はぽかんと口を開けて、お峯を見上げた。その目に、驚愕と称賛の色が浮かんでいる。

「さあ。ぐずぐずするなよ」

お峯は七之助の腕をつかんだ。七之助が立ち上がると、無意識に女の仕種《しぐさ》に戻って、着物につ いた砂を払ってやった。

「だらしのねえ侍だぜ」

うっかり女の仕種を見せてしまった自分におどろき、てれ隠しに、わざとぶっきらぼうに言う。お峯が先に立って歩きはじめると、七之助もあとにつづいた。敬意を表するように、一歩、後ろを歩く。

「源太は女と道行だというのに、こっちは修羅場《しゅらば》。悪い籤《くじ》をひいたものだ」

七之助がつぶやくと、お峯は笑った。

「そいつはどうかな。源太も今頃、総身傷だらけになっているやもしれねえよ」

お峯の予想は的中した。

運良く農家の舟に便乗して対岸へ渡り、大回りをして見附宿へ入ったところで、二人は源太と再会した。源太は見る影もない有り様だった。痣も切り傷もない。が、総身——とりわけ心がやられている。

それでも源太は、お峯と七之助を見ると、邪気のない笑顔を見せた。地獄で仏に出会ったような顔で駆けて来る。

「女はどうした」

七之助が訊ねると、悄然と首を横に振った。まぶたがはれ上がり、鼻の頭が真っ赤だ。

「話はあとにしざあ。めそめそしてねえで、飯を食って、ねぐらを探そうぜ」

お峯は源太の背をどやした。

素寒貧の二人だ。飯代も宿賃もない。三人分払わされるお峯はとんだ災難だったが、せめて今宵は旨いものを食べさせ、ゆっくり寝かしてやりたかった。

捕吏の目を避け、木賃宿にもぐり込むことにして、まずは街道沿いの一膳飯屋の往来に面した桟敷でささやかな祝杯をあげる。

「あいつはよ、おいらに惚れちゃあいなかったんだ」

腹がくちくなると、源太はようやく重い口を開いた。

源太が涙ながらに語ったところによると――

おつやには情夫がいた。情夫と一緒になるため自由の身になりたいと願っていたが、借金は増える一方。いつまで経《た》っても年季は明けそうにない。そこで一計を案じた。おつやにぞっこんで、人のいい源太をだまし、身請けの銭を払わせようとしたのである。自由の身になりさえすれば、あとはこっちのものだ。情夫としめし合わせ、隙を見て逃げ出すことにした。

「で、逃げ出したのか」

「ああ」

「追いかけなかったのか」

「うむ」

「鳶《とんび》に油あげをさらわれたようなものではないか」

七之助は眉をつりあげた。だが源太は、嘆いてはいたが怒ってはいなかった。

「胸がつぶれそうだった。けど、しかたあるめえ。見逃してくれと泣きつかれたんだ。行かせてやるしかなかった」

七之助とお峯は顔を見合わせる。

「そうか。おつやがあたりを気にかけていたのは、情夫があとを尾けていたからか」

お峯はおつやの不審な態度をあらためて思い出していた。

「だが情夫にしては、あの女、えらくびくついてたぜ」

「心配だったのさ」源太は吐息をもらした。「あいつは女郎。情夫は堅気。おつやは男に滅法弱いが、情夫は人一倍嫉妬深い」

「ははん。わかったぞ」七之助もお峯と源太の話に割り込む。「源太が迎えに来るはずだった。が、代わりに、とびきりの色男がやって来た。おつやは色男にひと目惚れした。そのことを情夫に気づかれるのが怖くて、それでびくついていたんだ」

駆け落ちする身である。他の男に見惚れている暇はなかったが……そこは、男に媚を売る習性を身につけてしまった女の弱さだろう。知らず知らず媚態《びたい》がこぼれる。それに気づいて自分でも当惑する。おつやのような女は、一人の男ではおさまりきれず、生涯、男の間を渡り歩いてゆくように生まれついているのだ。

「あの女はきっといつか面倒を起こす。神仏に手を合わせろよ。おめえは命拾いをしたんだぜ」

源太をなぐさめる。

「命拾いといえば、おれたちの勇姿を見せたかったぜ」

七之助は小鼻をうごめかせた。

「おれたち？」

お峯に睨まれ、

「おれのほうは……まあその、さほど威張るわけには参らぬが」

もごもごと言いなおす。七之助は多少の脚色を交《まじ》えながら、安次郎一行との死闘の模様を話して聞かせた。

源太は目を輝かせて聞き惚れる。

「おいらがその場にいたらな。一人残らずやっつけてやったのによ」

賭場荒しをして捕まり、あっけなく目をまわしたことなど、忘れたような口ぶりである。

いい気な二人の会話を聞きながら、お峯は顔をほころばせた。

三人ははぐれ者だ。出会ったばかり、素性もろくに知らない。だが、そんなことはどうでもいいような気がした。おぎゃあと生まれてから死ぬまで、だれもが運任せの渡世をつづけてゆくのだ――。

「これからどうする？」

七之助が源太に訊ねた。

「むろん、兄いについてゆく」

「峯六なら、師匠として不足はない。おれも峯六の弟子になることにした」

「よし、おいらも今日から兄いの子分だ」

つぎつつがれつしていた二人が、身を乗り出し、先を争ってお峯の盃《さかずき》に安酒をつごうとしている。

「はぐれ者に、弟子も子分もあるもんか」

お峯は頬をゆるめた。

街道に夕陽が差し込み、行き交《か》う人々の顔を赤く染めている。ひとときの輝きはやがて闇のなかへ溶け込んでゆく。

来る者は拒《こば》まず去る者は追わずと思い定めれば、この世はいっそ生き易《やす》い――。

酒を飲み干し、お峯は小さなおくびをもらした。

白粉《おしろい》彫り

一

「ひやぁ、きれいじゃねえ」

素《す》っ頓狂《とんきょう》な声をあげ、小町《こまち》は、褌《ふんどし》ひとつになった清兵衛《せいべえ》の裸体を眺めまわした。肩胛骨《けんこうこつ》が突き出し、背骨が算盤《そろばん》の玉のようにごつごつしている。脇腹がくびれ、太股はひょろりとたよりなく、おまけに背中には縮緬《ちりめん》のようなしわがよっていた。嬌声《きょうせい》をあげたのは、六十を過ぎた男の貧相な裸身に感嘆したからではない。

清兵衛の背中には、豪奢《ごうしゃ》な十二単《じゅうにひとえ》をまとい、黒髪を足元までたらした女人の刺青《いれずみ》が鮮《あざ》やかに浮き上がっていた。首を右に曲げ、今しも振り向こうとしている。だが、ひと房乱れた髪が頬《ほお》にかかっているために、残念ながら顔は見えない。

胸から腰、両手足には見事な桜吹雪が散っていた。刺青をした当初は肌に張りがあったのだろうが、よく見れば、花のひとつひとつがゆがんでいる。とはいえ、そんなことで損《そこ》なわれるような美しさではなかった。これまで何度となく刺青を目にしている小町でさえ、ただ吐息をつくばかりだ。

「ねえ親分さん、ちょいとさわってもいいかえ」

おどろきが鎮《しず》まると、小町は鼻声を出した。

お義理にも別嬪《べっぴん》とは言いがたい。色浅黒く、顔は扁平《へんぺい》で、垢《あか》抜けない上に田舎《いなか》言葉丸出しだ。取《と》り柄《え》といえば若いだけ。ここ、駿河国府中《するがのくにふちゅう》の二丁町《にちょう》にある廓《くるわ》のなかでも、最下位に属するお茶引《ちゃひ》き女郎《じょろう》である。

一方の清兵衛は藤枝《ふじえだ》を縄張りとする博徒《ばくと》の大親分で、「長楽寺《ちょうらくじ》の清兵衛」という呼び名で知られている。若い頃は甲州《こうしゅう》の大侠客・黒駒《くろこま》の勝蔵《かつぞう》の身内としてならし、のちに清水《しみず》の次郎長《じろちょう》と親交を結んだ。

明治二十四年（一八九一）のこの年には、すでにやくざ稼業から足を洗っている。治安維持と凶悪犯の捕縛に協力した功で、明治政府から何度も感謝状を受けていた。

この日は、府中・七間《しちけん》町の料理屋で政府のお偉方との歓談を済ませた帰りだった。藤枝へ帰る前に少々息抜きをしようと、二丁町の廓へ上がった。

「ほれ、さわってみろ」

背中を向けると、小町はぽっちゃりした指で清兵衛の刺青をなぞった。

「だけどさ、なんでこの前は気がつかなかったんだろうねえ」

清兵衛が小町を買うのは、今日で二度目である。

「そりゃあよ、こいつが白粉彫《おしろいぼ》りだからだ」

小町は目を丸くした。

「なんだい、その……白粉彫りって？」

「そんじょそこらの刺青たぁちがう、ってぇことさ」

「どう、ちがうのさ」

「ふつうにしてりゃあ、わからねえ。だけぇが今夜みてぇに、酒を飲んだり風呂に入ったりして肌が赤くなるとよ、生き物みてぇに浮き出てくるんだ」

小町はぽかんと口をあけた。

「そんじゃあ親分さん、炙《あぶ》り出しみてぇなもんかい」

「ま、そういうこった」

上品な目鼻だちをした清兵衛の顔に、淡い微笑がよぎった。

刺青は肌に墨《すみ》で下絵を描き、その絵をなぞりながら、針を束《たば》にしたものを皮膚の下層まで突き刺してゆく。そうして出来た刺痕《さしあと》に染料を塗り込んでゆくのだが、染料には通常、墨や紅、べんがら、緑青《ろくしょう》などが用いられた。ところが白粉彫りは刺痕に白粉を使う。一見しただけではめだたないが、肌の温度が上がって絵柄が浮き出したときの美しさは譬《たと》えようもない。粋《いき》で贅沢《ぜいたく》な刺青だった。

「さ、もういいだろう。こっちへ来な」

清兵衛は夜具の上に胡座《あぐら》をかき、小町を手招《てまね》いた。この歳《とし》になった今は、是《ぜ》が非《ひ》でも女がほしいというわけではない。だが、ひととき若い女の肌に戯《たわむ》れるのは、老いの血をわき立たせるための、手っとり早い手段だった。

小町は素直に清兵衛の腕に飛び込んできた。自分から襦袢《じゅばん》を脱ぎにかかる。が、ふっと手を止め、

「ねえ、もうひとつだけ、訊《き》いてもいいかい」

「なんでえ」

言いながら、清兵衛は女の襦袢の胸元へ片手を差し入れた。手のひらに余るほどの豊かな乳房は、欲望というよりあえかな郷愁をかきたてる。

小町はくぐもったあえぎをもらした。

「背中のさ、女の人だけど……あれ、だれだい」

「おみゃあさ」

「調子のいいこと言ってるよ、この人ったら……」小町は体をよじらせて笑った。「まだ、たったの二度目だっていうのにさ」

「いや、嘘じゃねえ。こいつは小野小町《おののこまち》ってんだ」

「なにさ、小野小町って?」

清兵衛は乳房をまさぐっていた指を止め、視線を虚空《こくう》に泳がせた。

「ねえ、なんなのさ。ひどく贅沢《ぜいたく》な着物だけどさ、まさか、どっかのお大名の奥方ってんじゃないだろうね」

「ずうーと昔の、おみゃあさんが生まれるよりもっともっと昔の、歌詠《よ》みだよ」

「歌詠み？」

「ああ。絶世の美女だったそうだ。だからほれ、別嬪のことを小町って言うようになったんだ」

小町は忍び笑いをもらした。

「あたいはちがうけどねえ。ここに来たとき、店の主が勝手に小町って名をつけたんだ。せめて名前だけでも小町にすりゃあ、あわて者がひっかかるとでも思ったんだろ」

清兵衛は苦笑した。言われてみればそのとおりだった。清兵衛は小町という名を聞いたとき、顔も見ないで、即座に「この女にしよう」と決めたのである。だが、現れた女を見ても、落胆はしなかった。顔の善し悪し、姿の善し悪し、もっといえば、床《とこ》の善し悪《よしあ》しや気立ての善し悪しも、この歳ではもうどうでもよくなっている。抱いて寝て心地よい体温と、指のすべりのよいまろやかな肌がありさえすれば、それ以上の望みはなかった。

清兵衛は小町の襦袢を引き剝《は》ぐと、乳房に頬をすり寄せた。

「そんなこたぁねえよ。おみゃあは立派な小町だ」

「あれまあ、お愛想《あいそ》言ってるよ」

はしゃいだ女の声を聞いたとたん、清兵衛の胸に、哀れみとも罪悪感ともつかぬ痛みが駆け抜けた。

伝承ではあるが、小野小町の末期《まつご》はけっして幸運とは言えなかった。放浪の果てにのたれ死んだ小町は、眼孔《がんこう》の空洞からススキの穂が生《お》い立つ、道端の髑髏《どくろ》と化した。あれは、卒塔婆《そとば》小町だったか。廓女郎の末期もおそらく似《に》たようなものだろう……。

清兵衛はしんみりした気分を追い払うように、女を夜具の上に転がした。小町はくすくす笑って、清兵衛の褌に手をかけた。女の匂いが鼻孔をくすぐり、はずんだ息づかいが高まってゆく。

「だけど、さぁ……なんだって、小町、なんか、彫ったの、さ。謂《いわ》れでも、ある、のかい」

乱れた息の下から女は訊《たず》ねたが、清兵衛はこたえなかった。女の体を愛撫するのに忙しいせいもあったが、それだけではない。

その訳は清兵衛の胸の奥の奥に畳《たた》まれている。簡単に引き出せるようなものではなかった。無理に引き出そうとすれば、長い歳月、忘れようとしてきた悲痛な思い出が、一緒くたに転げ出してしまうような気がする。

過去は棄《す》てた。

棄てるために、小町を彫った。

小町を組み敷いた清兵衛の背中で、十二単の小町が妖《あや》しく身をくねらせる。

二

清兵衛には自慢できるものがある。脚力だ。

華奢《きやしゃ》な体軀や優男《やさおとこ》めいた顔だちを見て、こいつで大丈夫かとけげんな顔をする旅人も、藤枝宿から大井川《おおいがわ》の川会所《かわかいしょ》までの道のりを、息も乱さず、通常の半分の時間で踏破するところを見れば、等しく驚嘆の声をもらすにちがいない。

弘化《こうか》四年（一八四七）のその夏、清兵衛は十九だった。

清兵衛の家は、東海道のほぼ真ん中に位置する藤枝宿にある。駿府《すんぷ》府中から西へ丸子《まりこ》、岡部《おかべ》と行った三つ目の宿場である。

藤枝宿は、十九町十二間《けん》（約二キロ）という東西に長い宿場で、東と西に問屋場《といやば》があった。東の問屋場を下伝馬《しもてんま》町、西の問屋場を上伝馬町といい、各々《おのおの》京へ向かう上りの荷物、江戸へ向かう下りの荷物の、重要な中継地となっている。

幕府御用の荷物を運搬するために、宿場には百人百匹の人馬を常に用意しておかねばならない。そのため宿場内の家々には、地子《じし》（現在の税金）が免除される代わり、伝馬役の負担があった。家の間口の広さに応じて、人馬の供出が義務づけられている。

清兵衛の家は東よりの長楽寺町にあり、ささやかな小間物屋を営んでいた。間口は狭いが、伝馬役を仰せつかっている。貧乏人の子だくさんで、地子を払うより人力を提供したほうが安上がりだと、父の兵吉が率先してお役を引き受けたためである。兵吉が病死したあとは兄の庄助《しょうすけ》が、近頃では清兵衛がこの役を請《う》け負っていた。

伝馬役は武家の行列の殿《しんがり》にくっついて荷を運ぶ。行列は大名行列から下役の引っ越しまで、大小さまざまだった。なかには馬の背に荷をくくりつけて曳《ひ》いてゆく者もいる。また、二人一組になって箱荷を担《かつ》ぐ者もいた。足の速い清兵衛は、馬飛脚《びきゃく》の代わりに、急ぎの書類を頼まれることもある。

真夏の陽射《ひ》しの照りつけるこの日、清兵衛は問屋場の役人から、由緒ありげな小箱を託《たく》された。高価な陶器が入っているという。馬の背にゆられれば割れる危険があるため、清兵衛が担いで運ぶことになった。

行き先は大井川の川会所。大井川のこちらは駿河、向こうは遠江《とおとうみ》なので、清兵衛が運ぶのは大井川までだ。川越をして掛川《かけがわ》や浜松《はままつ》くんだりまで運ぶことはまずない。川越人足《かわごしにんそく》に荷を託せば、そこで役目は終了だった。

清兵衛は川会所へ行き、川越人足の長である待川越《まちかわごし》に声をかけた。顔見知りの待川越は帳面に記載すると、「あそこに作《さく》のやつがいるぜ」と、河原の土手に並ぶ葦簾《よしず》の日除けのひとつを指さした。

作というのは作蔵《さくぞう》、熟練の川越人足である。

清兵衛は教えられた葦簾のところへ行き、日除けのなかを覗き込んだ。

作蔵は真っ黒に日焼けした顔に人なつこい笑みを浮かべた。

「父つぁんもがんばるな」

「他にできることがねえからよ」作蔵は吸いさしの煙管《キセル》を地面に叩きつけ、「あと二年あらあ。やめりゃあおまんまの食い上げだぁな。おんだされるまでは稼がせてもらわあ」

作蔵はあと二年で五十だ。まだまだ働き盛りだが、川越人足に限っては、五十が引退の年齢だった。重い荷物を担いで大河を渡る仕事は人並みはずれた体力が必要で、足腰が衰えたり、視力や判断力が衰えれば、命取りにもなりかねない。

しかも川越人足は、大勢で数人乗りの板を担ぐ蓮台《れんだい》担ぎや、肩車、馬の口とり、荷物担ぎなど、状況によってどんな運搬にも応じなければならない。多少の荒波なら無理をして渡ることもあるので、腕力だけでなく、泳ぎに長じていることも大事な条件だった。

「体は大丈夫かい」

清兵衛が訊ねたのは、この春先、作蔵は腰を痛《いた》めて寝込んだことがあったからだ。

「このとおり、ぴんぴんしてらぁ」

作蔵はいきおいよく立ち上がった。

「おめえ、うちへ寄ってくんだろ」

「ああ。けど、父つぁんとの約束があるからな。大丈夫、手ひとつ握らねえよ」

「ま、おめえなら安心だ。およしもいい男をめっけたもんだ」

およしは作蔵の娘である。十七になる愛らしい娘で、界隈では小町娘と評判だった。三十過ぎて得た娘を、作蔵は溺愛している。

荷の受け渡しをするうちに、作蔵と清兵衛との間には、いつしか父子のような親しさが生まれていた。にもかかわらず、一年ほど前、ひょんなことから出会った清兵衛とおよしがお互いにひと目惚れをしたと知ったとき、作蔵は二人の仲に待ったをかけた。

「おめえらはまだ若すぎる。清、おめえだって――およし、おめえもだぞ――人を見る目ができてねえ。一時の迷いてぇこともある」

「そんなこたぁないさ」

「そんなことないよ」

二人はすぐにでも夫婦になりたいと訴えたが、およしはそのときまだ十六、作蔵がいくら目をかけているとはいえ、清兵衛もまだ十八の若造だった。先立つもんもねえのに所帯を持つもねえだろう――作蔵に言われれば言い返すすべがない。どちらの家も貧しく、かつかつの暮らしでもあり、清兵衛は懸命に働いて金を貯め、その上でおよしをもらい受けるということで納得するしかなかった。

「こいつは小町だ。百夜たぁ言わねえが、ま、その半分でもいいや。真面目《まじめ》に通ってみるこった。おっと、手を出すなぁなしだぜ。それでも今の気持ちが変わらなけりゃあ、おめえにくれてやらあ」

どこで聞きかじったのか、作蔵は二人に小野小町の伝承を話して聞かせた。

小野小町に惚れ込んだ深草少将《ふかくさのしょうしょう》に、小町は言った。

「言葉だけではあなたの真心を信じるわけにはゆきません。百夜通ってくだされば、あなたのものになりましょう」

少将は毎夜、小町のもとへ通った。が、あと一夜で願いが叶《かな》うという夜、消耗のあまり死んでしまう。

「なんだか不吉な話じゃないか」

話を聞いた清兵衛は口をとがらせた。

「だからよ、百夜たぁ言わねえ。おめえらが本気なら、おう、こうしよう。清、おめえが二十歳《はたち》になった春にはよ、桜吹雪の散る下で、盛大な祝言《しゅうげん》をしてやろうじゃねえか」

この一年、清兵衛は問屋場の役人に頼み込み、ありったけの仕事をまわしてもらった。大井川の川会所へ荷物を届け、帰り道で、大井川の東岸に隣接する島田宿《しまだ》へ立ち寄る。島田宿には作蔵の家があった。家といっても粗末な十軒長屋だが、およしは内職の仕立物をしながら、清兵衛が現れるのを待ちわびている。

晴れた日、二人はむさくるしい裏店《うらだな》を出て、大井神社や十王堂《じゅうおうどう》あたりを散策した。雨の日は作蔵も家にいるので、三人でとりとめのない雑談に興《きょう》じ、つつましい飯を食べる。

清兵衛にとっても、作蔵父娘にとっても、それは至福のひとときだった。

作蔵の提案は十二分に効《こう》を奏《そう》した。およしの顔見たさに仕事に励《はげ》んだお陰で、清兵衛は一年で予想以上の銭を手にした。手を出すなと言われれば、なおのこと恋心は燃え上がる。二人はもはや、互いになくてはならぬ人になっていた。

――春まで待たせるのも酷《こく》か……。秋になったらくれてやらあ。

先日、清兵衛はようやく許しを得たところだ。

「父つぁん、あとは頼んだぜ」

「おう。たしかに引き受けた」

作蔵は箱荷を肩に担ぎ、河原へ下りて行く。

褌ひとつの逞《たくま》しい後ろ姿を見送ると、清兵衛は飛び立つような勢いで、およしの待つ裏店《だな》目指して駆けだした。

三

「雨が上がってやれやれだ」

清兵衛の姿を見ると、待川越が大仰なため息をついた。

前回、箱荷を作蔵に託してから六日が経《た》っている。あの日の夜から大雨になり、清兵衛は今日まで仕事にありつけず、じれったい思いをしていたのだった。

「ほれ、あそこに久吉《ひさきち》がいるぜ」

待川越は葦簾の日除けに顎をしゃくった。

「父つぁんは出払ってるのか」

「父つぁん？　ああ、作蔵か」奇妙な目で清兵衛を見る。「作蔵は……もういねえよ」

清兵衛は待川越の言う意味がわからなかった。

「いねえって、どうしたんだ」

待川越は目を逸らせた。

「……死んだ」

「死んだ？」

「ああ。死んじまった」

驚愕の烈《はげ》しさに、清兵衛は蒼白になった。あの作蔵が死ぬはずがない。たしかに歳はとっていたが、ぴんぴんしていると言っていたではないか。

照りつける陽射しを浴びながら、賢固な足取りで河原へ下りてゆく作蔵の赤銅《しやくどう》色の背中がまぶたに浮かんだ。

「溺《おぼ》れたのか。大雨の日に、無理に行かせたんだな」

川止め、川開け、川越場の決定は待川越の仕事だ。清兵衛は待川越に食ってかかった。

「まあ、待て。溺れたんじゃあねえんだ」

「そんならどうして……」

「引っ張られた」

「引っ張られた？」

なんのことか、ますますわからない。

待川越は重苦しい息を吐いた。

「陣屋《じんや》の役人によ、連れてかれたのさ。おそらくひどい扱いを受けたんだろ。翌々日には骸《むくろ》になって帰って来た」

百年余り前まで、島田宿の北はずれには代官所があった。が、のちに代官所は駿府へ移された。今では町役人が陣屋を拠点に、大井川周辺の治安にあたっている。悪人をとらえた際は、陣屋内の仮牢に一時、留め置くことになっていた。

気性の荒い人足たちのなかで、作蔵は、これが川越人足かと疑うくらい温和な男だった。もっとも、作蔵自身に言わせると、若い頃はずいぶん無茶もしたようである。娘を残して女房が病死した頃からすっかり人が変わり、おとなしくなったのだという。

おれになにかあったら、およしが一人になっちまうからよ——作蔵は言っていた。

その作蔵が、なぜ、役人に連れていかれたのか。

「なぜだ？　喧嘩《けんか》でもしたのか」

「荷を落っことしたんだ」

清兵衛は目をみはった。

「まさか……陶器の入った箱荷じゃあないだろうな」

「その箱荷さ。後ろから来た蓮台が作蔵にぶつかった。箱荷が落ちた。作蔵は必死で泳いで追いつき、なんとか箱を引き上げたんだが……」

「壊れていたのか」

「ああ……由緒ある茶碗に亀裂が入ったんだと」

それでは、おいらが託した箱荷が、作蔵の命を奪うことになったのか――。

清兵衛は絶句した。およしのもとへ駆けつけ、二人でしゃべったり笑ったりしていたそのとき、作蔵は死物狂いで箱荷を引き上げ、役人の前に這《は》いつくばり、許しを請《こ》いながら絶望と恐怖におののいていたのだ。

「作蔵のせいたぁ言えねえ。荷が壊れるなんてなぁ、これまでにもなかったことじゃあねえし……」待川越は陰鬱《いんうつ》な口調でつづけた。「そんなこたぁ、役人だってわかっていたんだ」

「だったらなんで……なんで作蔵を引っ立てたんだ?」

「公方《くぼう》様に関《かか》わる大事な茶碗だったそうでよ、すぐに駿府へ知らせを送った。とりあえずだれかが責任を負わにゃあならねえってんで、作蔵を引っ立てておくことになったんだが……殺す気はなかったと、あとから役人どもは言っていた。だが作蔵はへとへとだった。その上、死ぬほど動転していた。それでよ……」

「いくら弱っていたって、連れていかれただけで死ぬはずはない」

「そりゃあそうだ。なにもしねえで死ぬわけはねえ。やっぱし、やつら、ひどく痛めつけたんだろうな」

まかり間違えば町役人も腹を切らねばならない。川越人足がへまをしたお陰で自分たちまで危うい目にあわされた。腹立ちまぎれに、作蔵に殴る蹴るの暴行を働いた者がいたとしても不思議はなかった。

しかし、作蔵に罪はない。後ろからぶつけられただけではないか。

清兵衛は拳をにぎりしめた。

「ちくしょう。そんな、そんなひどい話があるもんか」

待川越は眉をひそめた。

「おい。陣屋へ乗り込もうなんてぇ気は起こすなよ。厄介事はこりごりだ」

「けど……おいらは……許せねえ」

「相手はお上《かみ》だ。許すも許さねえもないだろう。済んじまったことだ。災難だと思って忘れることだ」

人ひとり殺しておいて済んだことはないだろうと思ったが、清兵衛は懸命に怒りを鎮めた。陣屋へ殴り込めば、作蔵の二の舞だ。自分がつかまれば、およしは頼る者がいなくなる。

「作蔵の娘がどうしているか、聞いてるか」

「さあ。知らねえな」

清兵衛は荷を久吉に託すと、作蔵の家へ急いだ。

待川越の話が本当なら、作蔵が死んでから今日は四日目だ。あいにく暑い盛り、遺骸は一昼夜も置いてはおけまい。ということは、すでに野辺《のべ》送りを済ませたことになる。野辺送りをする金はどう工面したのだろう。島田宿と藤枝宿は隣り合わせだ。なぜ、およしは、ひと言知らせをくれなかったのか。

そうだ、大雨だったのだ、と、清兵衛は思い出した。だが、人に頼んで知らせてもらうことくらい出来たはずだ。

不安がこみ上げる。作蔵の家へたどり着くまで、清兵衛は生きた心地がしなかった。

作蔵の家へ駆け込む。九尺（約二・七メートル）二間《けん》（約三・六メートル）の粗末な部屋は、がらんとして、塵《ちり》ひとつなかった。およしの姿もない。

棒立ちになった清兵衛の背筋を、氷の塊《かたまり》が這い上がった。

頭が空白になる。一瞬ののち、清兵衛は作蔵の家を飛び出し、隣家へ駆け込んでいた。

この一年、頻繁に出入りしていたから、裏店の住人は清兵衛の顔を見知っている。内職の紙縒《こよ》りをよっていた女房は、清兵衛を見てもおどろかなかった。

「そろそろ来る頃だと思ってたよ」

女房は嘆息まじりにつぶやいた。

「およしはどこだ」

「忘れるこった。探さんほうがいい」

「どういうことだ」

清兵衛は嚙みつかんばかりの形相《ぎょうそう》で、女房に詰め寄った。

「もう遅いってことだよ」

「遅い？　え？　遅いってなぁどういうことだ」

「連れてかれちまったのさ」

清兵衛は目を剝《む》いた。

「連れてかれた？　町役人にか」

女房は首を横に振る。

「じゃあ、だれに、どこへ、連れてかれたんだ」

女房はもう一度深々と息をついた。

「ここいらは、栃山川《とちやまかわ》の市太郎《いちたろう》って親分の縄張りだ」

「そいつがおよしを連れて行ったのか。いつだ？　いつ、およしは……」

「野辺送りを済ませたあとだ。市太郎親分が野辺送りの金を出したんだ。親切ごかしにやって来てさ。あたしらだけでなんとかしてやろうって、そう話していたんだけどね。およしちゃんはころりと丸め込まれちまった。みじめな死に方をしたお父つぁんだ、せめて葬式くらいはきちんとしてやろうと、そう思ったのさ」

「それならどうしておいらに……」

「巻き込みたくなかったんだろ」

「巻き込む?」

「ああ。野辺送りを済ませたその午後に、およしちゃんは陣屋へ一人で乗り込んだのさ。お父《とう》を返してくれって泣きわめいたそうだよ」

仲のいい父娘だった。たったひとりの身内をうばわれ、およしは一瞬、錯乱したのか。葬儀を済ませたところで、一気に怒りが爆発したにちがいない。

かわいそうに——清兵衛は唇を嚙みしめた。きつく嚙んでいなければ嗚咽《おえつ》がもれそうだった。錯乱するほど自分を慕《した》っている娘を残して、作蔵はさぞや、死んでも死にきれなかったろう。

平和な父娘に突如降りかかった悲運に、清兵衛は打ちのめされた。

「それで……」声をしぼりだすように訊ねる。「およしまでとっつかまっちまったのか」

「そうなのさ。市太郎親分が役人に掛け合って、身柄をもらい受けた。あいつらはもともとぐるだからね。で……もらい受けたはいいが、そのままどこかへ連れて行っちまった」

小町娘と評判のおよしである。市太郎はかねてからおよしに目をつけていたにちがいない。作蔵が生きているうちは手を出せなかったが、死んだと知って、すぐに行動を起こした。おそらく清兵衛の存在を知っていて、一刻も猶予ならぬと荒っぽい手を使うことにしたのだろう。

清兵衛は激怒した。町役人も許せないが、市太郎はもっと許せない。無垢《むく》な娘の弱みにつけ込んで、さらって行ってしまったのである。どこへ？　正確な場所はわからないが、行き着く先は見えていた。市太郎がまず手込《てご》め同然に弄《もてあそ》ぶ。そのあとは、子分たちが弄ぶ。そして最後は、見知らぬ土地の女郎屋に売り飛ばされる……。

こうしてはいられない——。

清兵衛は焦《あせ》った。

「市太郎の家はどこだ」

女房は目を丸くした。

「まさか、あんたひとりで、およしちゃんを連れ戻しに行こうってんじゃないだろうね」

「他になにができる？」

「ばかなことを言うんじゃないよ。死にに行くようなもんだ」

「およしを助け出しさえすれば、おいらは死んだっていい」

「無駄死にするだけだよ。相手は玄人《くろうと》なんだ」

「わかってる」

「ここいらじゃあ、だれもあいつらに逆らえない。助《すけ》っ人《と》をかき集めるなぁ無理だよ」

「助っ人なんかいらねえ」

市太郎の家は、だれでも知っている。引き止めても無駄だと女房は思ったのだろう。

「栃山川まで出たら、川を渡らないで、そのまま川沿いを左へ行くんだ。雑木林を過ぎたところを左へ入れば、大きな農家が見える。そこが市太郎一家のねぐらだよ」

血相を変えて飛び出して行く清兵衛の背に、女房は「南無阿弥陀仏」とつぶやいた。


家中が寝静まるまで待つだけの忍耐は残っていた。

清兵衛は金物屋で包丁、油屋で油、石屋で火打ち石を買い、陣屋から槍《やり》を盗み出した。策《さく》を練ったり、人を集める暇はない。待川越と裏店の女房、二人の話を突き合わせると、およしが連れて行かれてから三日が経っている。ぐずぐずしてはいられなかった。

まず、およしの居所を探る。家へ忍び込んで救い出す。市太郎一味に見つかれば、死に物狂いで戦うしかない。逃げきれなければ、およしだけでも逃がすつもりだった。むろん、そのままではすぐにつかまってしまうだろう。置き土産《みやげ》に油をまいて火をつけ、家ごと焼き尽くす肚だった。

唯一の自慢は脚力で、喧嘩にはからきし自信のない清兵衛である。槍を盗んではきたものの、使い方さえよくわからない。簡単にいくと思ってはいなかった。相手は何人いるかわからぬやくざ者、こちらはたったひとりの素人《しろうと》である。成功は万にひとつあるかないかだ。それでも、なにもしないで手をこまねいているよりはましだった。およしを見捨ててひとり生きてはゆけないと、清兵衛は思い詰めていた。

およし……必ず、助け出してやる――。

脂汗のにじんだ手で槍をにぎりしめる。

表の灯が消えたのを見届け、藪《やぶ》から這い出した。古い農家を借り受け――それとも乗取り――ねぐらにしたのだろう、茅葺《かやぶ》き屋根のだだっ広い家である。裏手にまわると、談笑が聞こえた。開け放った戸板の向こうから、皓々《こうこう》と灯がもれている。子分たちが暑気払いに酒盛りをしながら、骰子《さいころ》に興じているらしい。姿を見られぬよう注意深く覗いてみたが、およしの姿は見えなかった。

もう一か所、奥まった一画に、淡い灯のもれている部屋があった。大まわりをして近づく。戸板は閉まっていたが、やはり暑さをしのぐためだろう、戸板と戸板の間が細く開いていた。

戸板のそばまで近づき、清兵衛は凍りついた。女の押し殺した声が聞こえた。すすり泣いているようでもあり、あえいでいるようでもある。それがだれの声かとっさに悟った。

およしだ！

およしは今、男に抱かれている……。およしを蹂躙《じゅうりん》しているのは、市太郎か、それとも子分の一人か。

烈しい怒りが突き上げた。槍と油をその場に置き棄て、懐《ふところ》から包丁を引き出す。何重にも巻いていた晒《さらし》を解き、固く握りしめた。

飛び込もうとして、清兵衛はためらった。今、飛び込めば、およしは恥にまみれた姿を惚れた男の目にさらすことになる。十七の無垢な娘はそのことに堪えられるか。

しかし一方で、今こそ千載一遇《せんざいいちぐう》の好機だという気もした。男は欲望を満たすことに夢中になっている。今なら、隙《すき》があった。清兵衛でも勝ちをおさめる可能性がある。

清兵衛の心は揺れた。だが、この機会を逃しては二度とおよしを取り戻せまいと思うと、自ずと心は決まった。

忍び足で部屋へ近づき、戸板の隙間からなかを覗く。覚悟はしていたが、凍りついた。包丁を取り落としそうになり、あわてて握り直す。

裸の男の背中があった。裸の尻があり、刈り込んだ頭がある。その下に、およしの白い裸身があった。顔は見えなかったが、か細い腕が背中にまわされ、思ったより肉付きのいい足が、男の腰をはさみつけていた。

およしのあられもない姿は、清兵衛の殺意をかき立てた。清兵衛は静かに戸を引き開け、男の背後へ忍び寄った。渾身の力を込めて、包丁を男の背に突きたてる。

男は声を発しなかった。おくびのようなくぐもった音をもらして、およしの上に墜落した。およしはひっと奇妙な声をあげた。もがいて、男の体を振り落とそうとする。そこで、清兵衛に気づいた。目をみはり、口を半開きにしたまま、清兵衛の顔を見上げる。二人の視線がからまった。

しばし、時が止まったかに見えた。実際はほんの短い間だった。

およしはわれに返ると、両手で懸命に裸身を隠そうとした。

清兵衛は手を差し伸べた。するとおよしはその手を振り払い、素早く身をよじって起き上がった。

清兵衛は視線を逸《そ》らせた。どこかにおよしの着物が落ちてないかと、部屋を見まわす。これ以上の羞恥には堪えられまいと思ったのである。だが、着物はどこにもなかった。およしははじめから素っ裸でこの部屋に閉じ込められていたのだろう。

腹が煮えた。生まれてこのかた感じたことのない、焼けつくような怒りが胸を満たした。清兵衛は男の死体を蹴飛ばし、尻を踏みつけて背中から包丁を引き抜いた。抜いたとたんいきおいよく血が噴き出した。目のなかに飛び込み、一瞬、視界がうばわれる。

それが……災いした。

およしの動作は迅速で、あっと息を呑んだときはもう包丁を清兵衛の手から引ったくり、喉に突きたてていた。うずくまるように頽《くずお》れた裸体の下から、赤黒いしみが広がってゆく。

四

歯を食いしばり、肚《はら》に力を入れて、清兵衛はともすればもれそうになる呻《うめ》きを押し殺した。針束が皮下を突き刺すたびに激痛が襲う。肉体の苦痛が増せば増すほど、胸の痛みは和《やわ》らいだ。

こいつが仕上がった日にゃあおいらもいっぱしの男だ、なめられちゃあいねえや——。

市太郎に、お上に、無情な世のなかに、自分とおよしの実らなかった約束に、清兵衛はここ数年、何度、罵倒を浴びせかけたかわからない。

うつぶせになっているので顔は見えないが、薄い肩先やとがった肩胛骨のあたりにゆらぐ怒気は、彫師の富蔵《とみぞう》も手に取るようにわかっているはずだった。もっとも富蔵は、そんなものに煩《わずら》わされる男ではない。目の前の裸体は、絵師でいえば紙、染物師でいえば布、肝心なのは仕上がりの出来で、持ち主の心の動きではない。

富蔵は甲州八代《やつしろ》村に住む彫師で、精緻《せいち》な技に定評があった。風貌はぱっとしない。小太りで色つやの悪い、むくんだような顔をしている。人づきあいが悪く、口調はぞんざいで変人だという噂だった。だが、たしかな腕と口の固さが評判を呼び、刺青を請《こ》う者はあとを絶たない。

島田宿で市太郎を襲って殺害したあと――刺し殺した男が市太郎だと知ったのは後年になってからだが――清兵衛は追手を恐れて東海道を避け、山中を東へ東へと逃げた。骸《むくろ》が見つかれば、必ず疑われる。藤枝宿のわが家へ帰るわけにはいかない。安倍川《あべがわ》へ出て、川づたいに北上し、苦心惨憺《さんたん》したあげく甲州へ紛《まぎ》れ込んだ。冬ならとうに凍死していただろう。

十九になるまで、清兵衛は真面目一方の若者だった。仕事に精を出し、およしと所帯を持って、ささやかな幸せにひたることだけを願って生きてきた。だが、いったん道を踏み外せば、堕《お》ちるのはあっという間《ま》だった。

逃亡の道なき道で出会ったのは、やはり役人に追われているというやくざ者だった。綱《つな》五郎《ごろう》と名乗るこの男から、博徒の暮らしを教えられた。一文なしである。しかもお尋ね者だ。これからもたった一人で生きてゆかねばならない。となれば、博徒にでもなるしかない。だが、清兵衛にはそれ以上に強い動機があった。

役人への恨み、市太郎一家への恨《うら》みである。

今にみてろ――。

このときはまだ市太郎の生死がわからなかったから、清兵衛はひそかに、「生きていれば市太郎の息の根を止める、死んでいれば市太郎一家をぶっつぶす」と心に誓っていた。およしを凌辱《りようじよく》し、自害へ追い詰めた男たちへの復讐である。

そのためには堅気《かたぎ》ではだめだ。歯が立たない。清兵衛は綱五郎に頼み込んで弟分にとりたててもらった。勧《すす》められるままに北八代村にある綱五郎のねぐらへ転がり込む。刺青をしようと思い立ったのは、堅気の自分を棄《す》て、一人前の博徒に生まれ変わるためである。

清兵衛を富蔵に引き合わせたのも綱五郎だ。

「こいつの右に出るもんはいねえ。見てみな。見事なもんだろう」

綱五郎はおもむろに袖《そで》をまくりあげ、自慢の大蛇《だいじゃ》の刺青を見せた。とぐろを巻いた大蛇は、よく見ると、焼き鏝《ごて》の跡を隠すように巧妙に彫られている。綱五郎は前科者だった。

「どうせなら人が目を剝《む》くようなやつにしてくれ」

清兵衛は富蔵に頼んだ。

富蔵はじっくりと清兵衛の皮膚を観察した上で、

「おめえさんならできそうだ」

「なにができるんだ」

「きめの細かい肌をしてる。上の上ってぇ肌だ。それに色白で、陽に焼けても黒くならねえ。え？　そうじゃあねえかい。赤くなるだけだろ」

「ま、そういやぁそうだが……」

「そんなら決まりだ。おれにまかせな。だれもが目を剝くやつを彫ってやらあ」

富蔵が彫ると決めたのは白粉彫りだった。熟練した腕を持つ富蔵でさえ極度の緊張を強《し》いられる、高度な刺青である。富蔵はいつにない興奮を覚えているようだった。

絵柄は清兵衛が決めた。

「小野小町にしてくれ」

富蔵はけげんな顔をした。博徒が好む絵柄とは少々趣《おもむき》がちがっていたからだ。だが、なぜと詮索するのは、富蔵の領分ではなかった。富蔵は承諾した。

「どこに彫る？　腕か、太股か」

「背中だ」

「わかった。で、どのくらいの大きさにするんだ」

「背中いっぱいにやってくれ、それからそうだ、胸から腰、両手足にかけてはこう……豪勢に桜吹雪を散らすんだ」

さすがの富蔵も息を呑んだ。この男、正気だろうかと疑っている。それも道理だった。全身にそれだけの刺青をするには、莫大な費用と日数がかかる。その上、人並はずれた忍耐が必要だ。よほどの覚悟がなければ完成はおぼつかない。

「おめえ……本気か。死んでもいいくれぇの覚悟がいるぞ」

清兵衛はきっぱりうなずいた。

「小町のために死ぬなら本望さ」

「今日んとこはここまでだ」

富蔵はぼそりと言って、手を止めた。針を手にしたときだけ鋭光を放つ双眸《そうぼう》が、たちまちどんよりと濁《にご》る。

清兵衛はそろそろと体を起こした。背中に焼けつくような痛みがあった。

「あと、どのくらいだ」

「はじめに言ったはずだ。やってみなけりゃわからねえ」

三年かかるか四年かかるか、いや、針がしぶるようならもっとかかるかもしれねえと、富蔵ははじめに釘をさしている。

「刺青ってなぁ生き物だ。相性がよけりゃあ針も進むが、機嫌をそこねりゃあ倍も三倍も時間がかかる。おめえの肌次第だってことよ」

清兵衛は着物をまとい、礼を言って富蔵の家をあとにした。

富蔵のもとへ通いはじめたのが、一昨年の春の盛りだから、ちょうど丸二年が経《た》っている。だが刺青は、まだ小町の全体像がぼんやりと出来上がったところだった。もっとも、自分の背中は見えないから、これは富蔵の説明によると、ということである。

はじめの半年、刺創《さしきず》は四六時中じくじくと痛んだ。今では終わったあとの痛みはほとんどど感じなくなっている。皮膚が敏感になったせいで、針束を刺す瞬間の痛みが日に日に鋭くなってゆくのとは対照的だ。施術のときの激痛を帰り道でもう忘れているのは、生死を賭けた愛憎が歳月に洗われて消えてゆくのと似たようなものかもしれない。

清兵衛は足を止め、山間の田畑風景を見渡した。春から夏にかけてはのどかだが、このあたりの冬は雪におおわれ、吹き下ろす山颪《やまおろし》に翻弄される。甲州は山だらけの過酷な土地だ。街道の宿場に生まれ、せわしなく行き交《か》う人馬の波にもまれて育った清兵衛は、山の向こうに、これほど苛烈な土地があることを知らなかった。

ふっと郷愁の念がよぎる。

いつかまた、故郷へ帰る日がこようか——。

くるとしたら、白粉彫りが完成し、およしの思い出が胸の奥深く塗り込められたそのあと——博徒になり、復讐を遂《と》げ、怨念が鎮まったそのあとだろう。

およしは、おれの体に刻みつける。死ぬまで消えず、人に知られず、だが、心が熱くなったときだけ豪華絢爛《けんらん》に浮き上がる白粉彫りとして、おれの皮膚の襞《ひだ》の奥に……。

清兵衛は歩を速めた。

桜の木から舞い落ちた花びらが肩先に止まる。止まったと思うや、流れる風に乗って、空高く舞い上がった。

蓬萊《ほうらい》橋にて

一

薫風《くんぷう》が流れてくる。

東西に設《しつら》えた低い石垣を隔《へだ》てて、離れの西は母屋、東は蜜柑《みかん》畑。蜜柑畑は今が花の盛りである。

今井《いまい》いわは雑巾《ぞうきん》掛けの手を休め、芳《かぐわ》しい野趣の香を吸い込んだ。

ここが安住の地となりますように——。

思わず神仏に祈っている。

嫁《とつ》いで十五年、いわの半生は波瀾万丈だった。といっても、彩《いろど》りに満ちた胸躍《おど》る半生、というのではない。次から次に災難が降りかかり、片時も不安が消えなかった。身をこごめ、息をひそめるように生きてきた。

先日、いわは夫の信郎《のぶお》と二人、静岡《しずおか》の寓居を引き払って、ここ初倉《はつくら》村阪本《さかもと》二六一番地に入植した。

初倉村は大井川の南岸、牧之原《まきのはら》台地にある。東海道の金谷宿《かなやしゅく》に隣接しているので、かつては宿の喧騒がこのあたりまで聞こえてきたという。だが維新を経て、蓬萊《ほうらい》橋が架設されると、旅籠《はたご》の大半が廃業に追い込まれた。川越人足の姿も消え、宿は寂れた。今や忙《せわ》しげに行き交う旅人を見送る通過点にすぎない。

「わたくしどもが入植した頃は、まだにぎわっておりましたよ」

九年前の明治二年（一八六九）に「牧之原開墾方」を命じられ、旧幕臣を引き連れてやって来た元・新番組の長《おさ》・中條《なかじょう》景昭《かげあき》の妻女は、いわに当時の村の様子を話し、ついでに武士が畑を耕す辛さをため息まじりに語り聞かせた。

いわの不安は開墾の辛苦ではなかった。夫が今なお引きずっている過去の重荷である。静岡で学校を設立、教育に携わっていたとき、夫ともども思わぬ中傷や刺客の影に脅かされた。当時の記憶はいまだ生々しい。

信郎は幕臣だった。維新前は京都見廻《みまわり》組に属していた。剣客として凄腕を揮《ふる》っていたという。その後、鳥羽《とば》・伏見《ふしみ》の戦い、彰義《しょうぎ》隊の戦い、さらには会津《あいづ》、長岡《ながおか》、箱館《はこだて》と戊辰《ぼしん》戦争を転戦したのち、官軍に捕らえられた。青天白日の身となって出獄したのは明治五年だ。一旦静岡へ落ちつき、数年後、新政府から伊豆《いず》七島の巡視を命じられて八丈島《はちじょうじま》へ単身赴任。その翌年には西南《せいなん》戦争がはじまり、西郷《さいごう》軍討伐隊の隊長を命じられた。

いわがここ初倉村で、今度こそ夫と二人、心安らかに暮らしたいと願うのは、そうした激動を経てきたからだ。

夕餉《ゆうげ》はなににしようか。そうそう、旦那さまのお好きな筍《たけのこ》を煮ておきましょう——。

夕飯の献立に頭を悩ませる、その平穏がありがたい。

手早く拭き掃除を終えた。

離れは、茶畑の開墾が実ったとき、茶葉を選り分ける作業部屋にするつもりで建てた。広々とした土間に、四畳半と三畳の座敷がついている。目下のところは空き部屋だが、その日を夢見て頻繁に風を通し、畳や桟《さん》を拭き清めている。

盥《たらい》を抱え、土間に降り立った。戸口へ歩み寄ろうとしたとき、離れの北側にある厩《うまや》から馬のいななきが聞こえた。飼い馬は一頭きり、老いぼれだが鋭敏な馬だ。いななきにつづいて、前足で砂をかくような音がする。人の気配に興奮しているらしい。

もしや刺客では――。

動悸が速まった。

この家は三方を山に挟まれた、通称・小豆沢《あずさわ》と呼ばれる小盆地にある。ここに家を建てようと勧めたのはいわである。人目を避けるためだ。

「ご維新から十一年が経っておるのだ。刺客の心配はもはやなかろう」

夫はいわの懸念を笑い飛ばした。が、あえて反対はしなかった。備えあれば憂いなしである。

やはり案じたとおりだ。この期《ご》に及んでも、まだ夫の命を奪おうとつけ狙《ねら》う者がいるらしい。

いわは動悸を鎮《しず》め、音をたてぬよう盥を足元へ置いた。半開きになった戸の陰から表を眺める。

人影はなかった。

馬はまだ落ちつきなく物音をたてている。

忍び足で厩へ近づき、裏手へまわり込んだ。厩の裏手は山の斜面で、その手前に桃の大木が立っている。

木陰に人がいた。小柄な女だ。色あせた木綿の小袖を着て、髪をくずし島田《しまだ》に結《ゆ》っている。爪先立ちになって、厩の窓からなかを覗き込んでいた。

女……？

いわは首をかしげた。暗がりなので顔はよく見えないが、凶器らしきものは持っていない。刺客ではなさそうだ。

安堵の息をついたとき、女がいわを見た。

いわは息を呑んだ。女の双眸に殺気があった。一瞬、山猫のように飛びかかってくるのではないかと思った。

女はくるりと背を向けた。紅の蹴出《けだ》しの裏地をひらめかせて、一気に山の斜面を駆け登る。我に返り、引き止めようとしたときはすでに遅く、女の姿は雑木林のなかに消えていた。

呆然と林を眺めた。一瞬のできごとだ。幻だと思えなくもなかったが、それなら馬がいななくはずがない。

何者だろう――。

入植者の妻たちの顔を思い浮かべてみた。当てはまる女はいなかった。村人については、まだ日が浅いのでなんとも言えない。

それにしても、あの殺気はいったいなんだったのか。

不安を抱えたまま母屋へ戻る。母屋の掃除に戻っても、そのあとやりかけの縫い物をしているときも、夕餉の支度にとりかかってからも、射抜くような女のまなざしがまぶたにちらついて離れなかった。


夕刻、開墾作業を終えて帰宅した夫に、いわは不審な女の話をした。

母屋の西側には沢が流れている。沢から庭へ竹樋で水を引き込み、洗い場にしていた。諸肌脱《もろはだ》ぎになった夫の背中を濡れ手拭いで拭きながら、

「なにやらぞっといたしました」

いわは声をふるわせた。

「いかような女だ」

信郎は訊《たず》ねた。別段、動じるふうはない。

「只事《ただごと》とは思えません」

信郎は目鼻だちの整った、品のよい顔をしている。数々の苦難をくぐりぬけてきたはずだが、すさんだ色はなかった。

いわがはじめて夫と出会ったのは、十五年前の文久三年《ぶんきゅう》（一八六三）である。信郎は二十三だった。密貿易取締役を命じられ、横浜《よこはま》へ赴任して間もない信郎にいわを引き合わせたのは、上役であり柔術の指南役でもあった神奈川《かながわ》奉行窪田《くぼた》備前守《びぜんのかみ》だ。二人はその年のうちに祝言を挙げている。

あの頃と見た目は変わらない。青年時代、湯島《ゆしま》の聖堂に通って和漢や絵画を学んだという落ちついた物腰も当時のままだ。だが信郎にはもうひとつ、直心影《じきしんかげ》流の免許皆伝、片手打ちという独自の剣法を編《あ》み出し、講武所の師範代や奉行所の剣術教授方を務めた剣客としての顔があった。

旦那さまは、いまだに剣客の顔を隠し持っておられる――。

根拠はなかったが、いわはときおり、ふっとそう感じることがあった。

「薄暗いのでようは見えませんでしたが、みすぼらしい小袖を着た痩せた女子《おなご》で――と申しましても、若い娘ではありません。三十半《なか》ばは過ぎておりましょう。ですが眉も剃《そ》らず、歯も染めておりませぬゆえ、人妻ではなさそうです。わたくしを見返した目はまるで斬りつけるようでした」

山肌を駆け登るとき女の裾からこぼれた、紅木綿の蹴出しがまぶたに浮かぶ。鮮やかなその色は、眼光の烈《はげ》しさと相まって、女の生々しい情念を匂わせていた。

「おそらく村人ではなく、遠方から参ったのでしょう。この家にわたくしどもがいると知って、はるばる訪ねて来たような気がいたします」

「三十半ば過ぎの女か。心当たりはないが」

信郎は眉をひそめた。

心当たりはなくとも、恨みを買う理由ならいくらでもある。あまたの戦を経てきた。敵兵の命をいくつとなく奪っている。その上、京都見廻組に配属されていた時代の汚れ仕事があった。

夫の顔に苦渋の色が浮かんだのを見て、いわは胸を衝《つ》かれた。

「いずれ旧幕臣へ恨みを抱く者でしょう。ですが、素手にございましたゆえ、案ずるには及びません。つまらぬことをお耳に入れてしまいました」

不安を振り捨て、夫に詫びる。今となってみれば、見知らぬ女を見かけたというだけで動揺した自分が恥ずかしかった。

「夕餉にいたしましょう」

夫の背に洗い置きの小袖を着せかけ、ひと足先に家のなかへ戻る。

不安を口にしたことで、心が軽くなっていた。長い年月耐え忍び、やっと手に入れた平安である。過去の亡霊に乱されてなるものかと、あらためて思う。

女の面影を、いわは念頭から消し去った。

その夜、奇妙な夢を見た。

女が地べたにうずくまって泣いている。足元から蹴出しの紅が覗いていた。そのせいか、素足の踵《かかと》が異様に白く見える。ひび割れが際《きわ》立ち、風雨にさらされた石塊《いしくれ》のように、踵はざらついていた。

しゃくりあげるたびに女の薄い背中が波立つ。そのさまが痛々しく、いわはそばへ歩み寄って抱き起こそうとした。すると女は山猫のように跳ね起き、いわに飛びかかった。思いのほか頑丈な指でいわの首をしめ上げる。

息苦しさにうなされて目を覚ました。額に脂汗《あぶらあせ》が浮いている。女の指の感触が首筋に残っていた。

不吉な夢だこと――。

息を整え、闇を見まわして、はっと目をみはった。隣に寝ているはずの夫がいない。あわてて飛び起き、縁側へ出てみると、雨戸が細く開いていた。

いわは素足のまま庭へ下りた。

中庭にも夫の姿はなかった。石垣をぬけ、離れを覗く。

そこにも夫はいなかった。

厩へ行ってみようとまわり込む。そこで、息を呑んだ。

信郎は石垣の脇にたたずんでいた。石垣は腰ほどの高さしかない。背後の闇を蜜柑の白い花が覆い尽くし、そのなかに信郎の上半身が影絵のように浮かんでいた。片手に脇差をつかんだ後ろ姿に鬼気せまるものがある。

「いかがなさいましたか」

押し殺した声で訊ねた。

信郎は振り向いた。

「人の気配がした」

「だれぞ、おりましたのですか」

「いや、気のせいだろう」

穏やかな表情に戻っている。

「起こしてしもうたの」

妻をうながし、先に立って歩きだした。

石垣をぬけたところで、いわは衝動的に夫の袖をつかんだ。

「あのう……」

夫はなにかを見た。もしかしてそれは、自分がたった今、夢で見たものとおなじではなかったか。

「どうした」

「いえ……」

いわは手を放した。

「お足元にお気をつけあそばして」

夫の胸の奥の痛みをつつきだすのは、止《や》めたほうがいい。女の話を蒸し返すのはこわかった。

それにしても、あの女は何者なのか。

殺気だった双眸が浮かんでは消え、朝まで眠れなかった。

二

今井屋敷の敷地の北西、厩の並びに、人がひとり通れるほどの裏道がある。急な登り坂の上に雑木林の間を縫ってゆくので日頃は使われていないが、この道は重要な意味を持っていた。開墾方長官、中條景昭の屋敷の裏庭につづいている。ことが起こったとき、ただちに連絡が取り合えるようにとの配慮だった。

中條家の下僕の八助《はちすけ》が裏道を駆け下りて来たのは、翌日の午後である。

いわは炊事場で菜を刻んでいた。あわただしい足音に包丁を放り出し、表へ飛び出す。

八助は真っ赤な顔で息をはずませていた。六十になるというが、主人に従って数々の戦をくぐりぬけて来ただけあって、足腰が丈夫で、なかなかの硬骨漢である。

「なんぞ、ありましたのですか」

いわは急《せ》きたてるように訊ねた。

「宿の飯屋で妙な女が騒いでおりますそうで」

「妙な女？」

昨日厩の陰で見た女を思い出した。

「粗末ななりをした四十そこそこの女だそうで、昼日中から大酒を飲んで酔っぱらい、大声でわめいておりますとか」

「それが今井とどういう……」

訊ねると、八助は言いにくそうに口ごもって、

「実はその……今井さまを呼んで来いと申しておるそうでして」

女はこの界隈《かいわい》の者ではないという。飯屋の主が名前を訊ねたが答えない。思い余った主が中條家へ知らせに来たのだと、八助は説明した。

「うちの旦那さまは府中《ふちゆう》へ出かけております」

急ぎの用には間に合わない。そこで、とりあえず今井家へ知らせに来た。

「そのお人は、今井になんの用があると言うておるのですか」

「それがどうも」八助は首をかしげた。「亭主の仇、と申しておるそうで」

やはりあの女だと、いわは合点した。昨日殺気を感じたのは間違いではなかった。夫が命を奪った者たちのなかに、女の夫がいたのではないか。

維新から十余年が過ぎている。ということは、あの女はこの十余年、一途に夫への恨みを抱きつづけていたというのだろうか。

背筋に悪寒が走った。女の執念が恐ろしい。

「今井さまはどちらにおいでにございますか」

「開墾に出ております」

「では、ひとっ走り、知らせて参りましょう」

八助は駆け出そうとした。

「お待ちなさい、わたくしが参ります」

けげんな顔をしている八助をその場に待たせて、手早く身支度をする。女に逢ってどうしようという考えがあったわけではなかった。ただ、話が訊《き》きたかった。いつ、どこで、なにがあったのか。なぜ今頃になってやって来たのか——。

八助と連れ立って家を出た。

廃藩置県が実施されても、金谷は近隣の者たちから依然「宿」と呼ばれている。女がくだを巻いているという飯屋は街道沿いにあり、維新前は渡河を待つ旅人用の旅籠だった。

作り替えた表だけは新しいが、一歩なかに入ると、かつての名残が随所に見られる。

「奥に陣取っております」

いわの顔を見て、店主はささやいた。

入口には、人騒がせな蟒蛇《うわばみ》女をひと目みようと野次馬が群れていた。人垣をかき分け、足を踏み入れる。女の罵声が耳に飛び込んできた。

「うちをだれと思うとるんや」

甲高く、耳ざわりな声である。

女は奥まった床几《しょうぎ》に腰を掛け、酔眼を虚空にさまよわせていた。

たしかに厩を覗いていたあの女である。あらためて見ると、昨日薄暗い木陰で見たときより五つ六つ老けて見えた。目鼻だちは整っている。もし若さと明るさがあったら、いや、せめてこれほどだらしなく酔いつぶれてさえいなければ、案外男好きのする女であったかもしれない。すっきりした顎《あご》の線や華奢《きゃしゃ》なうなじ、きりりとしたまなざしに、型にはまらぬ魅力がある。

「なにぐずぐずしてるのや。酒や酒。お代わり言うてるのが聞こえんのか」

女はわめいた。

店の者たちは怖気《おぞけ》をふるっていた。台所へつづくのれんから顔を覗かせているだけで、近づこうとしない。

いわは八助の腕を振り切って、女のそばへ歩み寄った。

酔っているせいで、女はだれかわからぬらしい。

「なあ、酒おくれんか」

店の女と間違え、盃をかかげて催促した。

「このへんで止《や》めておおきなさい」

二間ほど離れたところで足を止め、いわはぴしゃりと言った。

「なんや、えらそうに」女はぷいと顔を背けた。もう一度ゆっくり視線を戻して、「おまはん、だれや」探るようにいわの顔を見上げる。

「今井信郎の妻、いわと申します」

女は目をみはった。

「主人に用がおありとか。わたくしが代わりに承《うけたまわ》りましょう」

穏やかに言う。

すると女の双眸に、ゆらゆらと怒りが燃え上がった。

「うちは今井信郎に用があるのや」

「今井は今朝方から出かけております」

「ほな、どこへ行ったか教えとくなはれ」

「その前に、お名をお聞かせ願いとうございます」

いわは真っ向から女の眸《め》を見据えた。

女は眉をつり上げた。

「他のお人に名乗る気はおまへん」

「素性もわからぬ者に、主人の居所はお教えできかねます」

二人は睨み合った。

先に視線を逸らせたのは女だ。女は銚子に手を伸ばした。左右に振り、唇をつけてすすったところで、中身が空《から》なのを思い出す。腹をたて、勢いよく放り投げた。

はじめからいわを狙うつもりだったのか、それとも、酔っぱらっているので手元が狂ったのか、直撃こそしなかったが、銚子は派手な音をたて、いわの足元で砕け散った。

女はなおも、盃や皿や箸など手あたり次第に放り投げる。投げるものがなくなると、床几に突っ伏して慟哭《どうこく》した。

「うちはな、龍馬《りょうま》の妻や。坂本《さかもと》龍馬の妻なんや。なあ、後生や。後生やさかい、うちの亭《ひ》主《と》、返しとくなはれ」

号泣しながら、女は呻く。拳で床几を叩き、身もだえした。

いわは棒立ちになっていた。

京都で見廻組を拝命していた頃のこと、夫は佐々木唯三郎《さささきただきぶろう》配下の七名の仲間と共に近江《おうみ》屋を襲撃、坂本龍馬、中岡慎太郎《なかおかしんたろう》を殺害している。その事件はいわも知っていた。しかも龍馬の息の根を止めたのは夫だった。事件のあと、龍馬の骨を断ち、肉を引き裂いて刃こぼれした刀を、いわは夫の剣術の師である榊原鍵吉《さかきばらけんきち》に預けている。

その事実は、いまだにいわの胸に重くのしかかっていた。戊辰戦争に惨敗して夫が捕えられ、兵部省軍務局糾問所へ投獄された際、刑死を覚悟したのも、龍馬暗殺の咎《とが》を受けると思ったからである。

だが特赦により出所を許された。このとき特赦を嘆願してくれたのは西郷隆盛《たかもり》だった。その恩に報いようと、夫は昨年の西南戦争の際、新政府方として出陣しながら、西郷方に寝返る肚《はら》を固めていた。幸か不幸か参戦前に勝敗は決してしまったが、このときも、いわは夫の身を案じ、生きた心地がしなかった。

さらに言えば、この十余年、刺客の影に戦々恐々としてきたのもそのためだ。いわが抱いてきた不安の大半は、夫が龍馬暗殺の下手人であったことに端を発している。

だが、苦しみ悶えてきたのは、いわだけではなかった。ここにもう一人、完膚《かんぷ》なきまでに打ちのめされ、いまだに怨念を引きずって生きている女がいる——。

怒りは消えていた。

酒器の破片を踏んで、いわは女に歩み寄る。

女の肩に優しく手を置いた。

お龍《りょう》は眠っていた。

——寝首をかかれたらどうなさいますので？

お龍を家へ連れ帰ると聞いて、八助ばかりか、飯屋の主や村人までが口をそろえて反対した。

いわは聞き流した。八助は根負けして、正体なく酔いつぶれたお龍を背負い上げ、今井家の離れへ運び込んだ。

それから数刻、お龍は頭痛と吐き気を訴え、自分を介抱しているのがいわであることにも気づかぬようだった。酔いに任せて二、三の問いに応えはしたものの、吐き気がおさまると再び眠りこけてしまった。よほど悲惨な旅をしてきたらしい。心身ともに疲労困憊《こんぱい》している。少なくとも、今宵は熟睡するはずだ。

「龍どのと言われるそうですよ」

その夜、いわは夫に昼間の出来事を話した。

「親からもろうた名は良し悪《あ》しの良と書くのだそうですが、坂本龍馬さまのご妻女となられて以来、龍馬さまの龍を名乗っておられますとか。お父上は楢崎将作《ならさきしょうさく》さまというお医者さまだそうで、天保《てんぽう》十二年（一八四二）のお生まれと言いますから……」

「三十八——わしと同い年だ」

「はい。ご亭主亡きあとはご実家や義姉さまのもとへ身を寄せ、その後は上方を転々としていたと申します」

「転々としながらも、手ぐすねをひいて、仇討ちの機会を狙っておったわけだ」

信郎は深々とため息をついた。

龍馬暗殺はお上の命によるものだ。当時、信郎は、それが幕府を救う道だと信じて疑わなかった。龍馬は薩長両藩の仲を取り持つ危険人物だ。個人としての龍馬がどういう男かなどとは考えもしなかった。むろん、妻女のことも念頭になかった。

「寺田屋《てらだや》騒動の際、急を知らせ、龍馬を救うた女子がおったそうだが……」信郎は眉をひそめた。「そう言えば、その女子を妻に迎えたと聞いた。それが龍どのやもしれぬ」

寺田屋騒動は慶応《けいおう》二年（一八六六）である。その頃、信郎はまだ横浜にいた。見廻組を拝命、妻子を伴って京へ出向いたのは事件の翌年だった。

「なれば、龍どのはわずか一年足らずで、ご亭主を喪《うしの》うたことになります」

「いかにも」

「ご維新から十年も過ぎた今になって龍馬どののご妻女があらわれるとは、思いもしませんでした」

いわも吐息をつく。お龍は哀れだが、かといって夫に非があるとは思わなかった。夫は私怨で龍馬を殺したのではない。もし龍馬が夫の立場なら、同じことをしていたはずだ。今さら恨みつらみを言われるのは不本意だった。

夫婦はしばし思案に耽《ふけ》った。

「明朝、龍どのに逢《お》うて話してみよう」

信郎が言う。

「いいえ。なりません。あなたさまはお留守ということになっております。嘘を言われたとわかれば、ますます怒りが高じます。ここはわたくしにおまかせ下さい」

「しかし、十余年も恨みを抱いておったのだ。おまえが諭《さと》したくらいで、おいそれと引き退《さ》がろうか」

「容易には参りますまい。なれど女子《おなご》は女子同士。そのほうが丸くおさまります。なんといたしましても、わたくしが龍どののお気持ちを鎮めてみせます」

断言したものの、名案があるわけではなかった。

「なにとぞ、お願い申し上げます」

両手をついたときいわの頭にあったのは、ようやく過去のしがらみから解き放たれ、一介の村人として汗まみれ泥まみれになって茶畑の開墾に励む夫を二度と苦しめたくない、との一念だった。

これはわたしの維新だ、と、いわは思った。お龍の心から怨念を消し去る。と同時に、自分自身からも、刺客に脅える弱い心を追い払う。遅ればせながら、そのときが来たのだと思う。

「さほどに申すなら、龍どののことはおまえにまかせよう」信郎はようやく同意した。「明朝はいつもどおり開墾に出向く。手に余るようなら知らせよ」

「かしこまりました」

開墾方の朝は早い。夫婦は早々と床についた。

自分を仇と狙う女が別棟に寝ているというのに、信郎は動じる様子がない。さすがかつてならした剣客、すぐに穏やかな寝息をたてはじめた。

いわは眠れなかった。まんじりともせず、どうしたらお龍の怨念を鎮めることができるか、それぱかりを考えていた。

三

翌朝、夫を送り出したあと、離れへ粥《かゆ》と白湯を運んだ。

お龍の姿はなかった。夜具が寝乱れたままになっている。手水《ちょうず》にでも行ったのかとしばらく待ってみたが戻らない。

庭へ出てみた。

お龍は厩にいた。生き物が好きなのか、一心に馬を眺めている。

「今では老いた馬が一頭しかおりません。一日遠出をすれば、三日は休ませねば使いものにならぬのですよ」

穏やかに話しかけた。

お龍は振り向いた。憎しみのこもった目でいわを見返す。酔いは覚めたようだが、顔色は青ざめ、唇もかさついていた。

「おかげんはいかがですか」

訊ねたものの答はない。

「離れに粥をお持ちしました。さ、参りましょう」

いわは先に立って歩きはじめた。

しばらくするとお龍の足音が聞こえた。憎悪に凝り固まってはいるものの、逆らう気力はないらしい。

離れへ戻るや、お龍は貪《むさぼ》るように粥をたいらげた。喉を鳴らして白湯を飲み干す。幾多の修羅をくぐりぬけてきたために人が変わってしまったのかもしれないが、それにしても、医者の娘に生まれ、武士の妻になった女とは思えぬ不作法な態度だった。

お龍が朝餉を終えるのを待って、いわはあらためて挨拶をした。

「龍どのはわたくしの夫に遺恨を抱いておられるとか。なれど、それは逆恨みです」

お龍はこめかみに青筋をたてた。

「逆恨み?」

「夫は幕命に従ったまでのこと。恨むなら、旧幕府を恨むべきではありませんか」

「ようもさようなな」お龍は顔をゆがめた。「正々堂々と戦《たたこ》うたならまだしも、今井信郎は闇討ちをしかけたのや。無抵抗な者に大勢で襲いかかって膾《なます》のように斬り刻んだのや。だれの命やろうが関係あらへん」

龍馬の最期の様子を知ったとき——維新のずっと後になってからだが——いわも戦慄を覚えた。

なんとむごい——。

夫の立場はわかっていても、不快感はぬぐえなかった。お龍の怒りはもっともである。

だがここでうなずくわけにはいかなかった。

「戦とはむごいものです」冷然と言い放つ。「ご維新ではあまたの幕臣が命を落としました。今井も幾度となく死にかけました。殺すか殺されるか、さようなときに、正々堂々とは笑止千万です」

「そんなら、暗殺には一点の非もないと……詫びる気はないと言わはるのやな」

「お気の毒だとは存じます。二度とあってはならぬことだと思います。ですが、詫びるつもりはありません。詫びることは、夫の非を認めることになります」

お龍は息をはずませた。双眸にめらめらと殺意が燃え上がる。

「なんで、うちをここへ連れて来たのや」

「酔いつぶれておられたからです。縁あるお方ゆえ、お話もしとうございました」

「お話?」お龍はふんと鼻を鳴らした。「話もへったくれもあるかい。おまはんなんぞと話したって、どもならへん。今井の居所を教えとくなはれ」

「今井に逢うて、どうなさるおつもりですか」

「仇を討つのや。他になにがあるのや」

お龍はそのためにはるばるやって来た。どうあっても引き退がる気はなさそうだ。

いわは思案した。夫は直心影流の剣客である。お龍が真っ向から挑んで勝てる相手ではなかった。闇討ちには闇討ちで報いようと企んでいるのではないか。

そのこと自体は恐るるに足らなかった。武芸の心得もろくになく、おまけに酒乱で、なおかつ疲れ果てたお龍が夫に不意打ちを食らわせようとしたところで、首尾よく志を遂げられるとは思えない。夫はつけ入る隙を与えないだろう。

いわの不安は別のところにあった。

一昨日の深夜、石垣の脇にたたずんでいた夫の背中がまぶたに浮かぶ。お龍が面と向かって仇討ちを挑んだとしたら、夫はどうするか。人一倍、忠義を重んじ、心根の優しい夫であった。まともに勝負に応じ、お龍を討ち果たすとは思えない。

いわは夫の心底に、後ろめたさがひそんでいるのを感じることがあった。見廻組の刺客として暗殺した薩長の藩士や、戊辰戦争で殺戮した官軍の兵士への後ろめたさではない。

同戦争で死んでいった仲間や、恩に報いることのできなかった西郷隆盛への後ろめたさだ。棄てたつもりでも棄てきれないものが、夫のなかにはあるのではないか。もしそうなら、夫はお龍に、己の命を差し出そうとするかもしれない。

焦燥がこみ上げた。なんとしてもお龍を夫に逢わせてはならない。このまま、どこか遠くへ行かせる手段はないものか。

「主人は東京へ参っております。仇を討つと仰せなら、居所を書いて差し上げましょう」

東京と聞いて、お龍はひるんだ。路銀も、そこまで歩く気力もないらしい。

「うちを追い払おう言うのやな」お龍は唇をゆがめた。「その手にはのらへんで。ここで待たせてもらうわ。今井はいつ、戻るのや」

「ひと月と言い置いて参りましたが、新政府からの呼出しゆえ、ふた月、三月、かかるやもしれません」

いわは落ちつきはらってこたえた。お龍がうろたえるのを見て膝を進める。

「龍どの。龍どのがご亭主を殺され、今井を恨むお気持ちはようわかります。もしわたくしがだれぞの手にかかれば、主人も同じ苦しみを味わうに相違ありません」

お龍はけげんな顔をした。いわはここぞとばかり先をつづける。

「今井は腕が立ちます。龍どのに勝ち目はありません。まこと報復したいと申されるなら、今ここで、わたくしを殺してお逃げなさい」

お龍は目をみはった。

「むろん、黙って殺されるつもりはありません。今井に代わって、わたくしがお相手をいたします。正々堂々と戦って、龍馬さまのお恨みを晴らすのです」

勝算があったわけではない。二人はどちらも小柄で、似たような体格だった。旅の疲労がある分、お龍はいわに劣る。が、お龍には燃えたぎる憎悪と殺意があった。気迫ではいわより勝っている。戦力は互角、勝敗はいずれとも言えない。

だからこそ、いわは勝負を挑んだのである。予《あらかじ》め決めていたわけではなかったが、「わたしの維新」と思ったあのときから、心のどこかで、こうなることを覚悟していたような気がする。

「いかがですか。殿方の戦は終わりました。今度は、わたくしども女が勝敗を決する番です」

お龍は思案しているようだった。しばらくして顔を上げる。

「武器は？」

「刀、槍、短刀……龍どのの仰せのままに」

「そんなら短刀がええわ」

いわはうなずいた。武家の女のたしなみだ。多少の心得はある。

「相手の息の根を止めるか、でなければ、相手が降参するまで勝負をつづけます。ただし勝っても負けても、この後は怨恨を棄てるとお約束願います」

「よろしゅおす。そうや、立ち会いは？」

「仇討ちはご法度。いずれかが死ねば、どのみち残った者は罪を問われることになりましょう。立ち会いなど無用。それより遺書を認《したた》めておきましょう。万が一のとき、多少なりと役に立つはずです」

ここへはめったに人が来ない。おそらく、真っ先に事の次第を知るのは信郎だろう。夫なら上手く後始末をしてくれるはずだ。

話は決まった。

二人は洗い場で身を清め、遺書を認めた。鉢巻きをしてたすきをかけ、それぞれ身支度をする。短刀はいわが用意した。切れ味を確かめ、一本ずつ選ぶ。

決戦の場所は、竹樋と沢の間の一画とした。奥まっているので、万が一、だれかが家を覗いても、ここならわからない。

無我夢中で身支度をしているときは平静だったが、いざ短刀を手に対峙してみると、いわはことの重大さに怖《お》じ気づいた。これは真剣勝負である。殺されるか殺すか。勝てば犯罪者だ。おめおめと生きてはいられまい。どのみち、待っているのは死だ。

なにゆえ、かようなことになってしまったのか――。

心底、恐ろしかった。足元からふるえが這い上がってくる。

恐怖を吹き飛ばしたのは、お龍の急襲だった。お龍は殺意を漲《みなぎ》らせ、一気に襲いかかってきた。はじめて見たとき連想したように、それは山猫の素早さだった。

いわはかろうじてお龍の一撃をかわした。次の瞬間、考える前に反撃に出ていた。お龍への憎悪が燃えたぎっている。不思議なことに、憎悪は訳もなくあふれてきた。

お龍が突きをくり出し、いわが身をかわす。お龍の刀を振り払い、今度はいわが突きを入れる。鬩《せめ》ぎ合い、刃を合わせて睨み合い、飛びずさっておいて、気合を込めて振り下ろす。かすり傷を負えば殺意は倍増し、かわされたと思うや、悔しさに歯ぎしりする。いつの間にか、二人は阿修羅のような形相になっていた。お龍の腕に血がにじみ、いわの太股から血がしたたり落ちる。

戦とはこういうものだったのかと、いわははじめて実感した。敵に顔はない。人格もない。あるのはただ、敵という存在そのものである。それだけで憎い。自分のように柔和で、物心ついてから一度として声を荒らげたことがなく、親にも夫にも従順に従ってきた女ですら、戦は殺戮者に変貌させる魔力を持っていた。

一瞬の隙をついて、お龍の短刀がいわの肩をえぐった。が、いわも負けてはいなかった。激痛をこらえ、お龍の短刀を振り払う。短刀は宙を飛んで沢へ落ちた。お龍は獣のような声を上げ飛びかかる。二人は短刀を取り合い、地面にころがってもみ合った。

お龍が奪い、いわが奪い返し、お龍がひったくろうとして手をすべらせた。いわの短刀も沢へ落下する。素手になった二人は獣と化し、引っかき合い、殴り合い、髪を引っ張り合った。

どちらが先にへたばったのか。

我に返ったとき、いわの目の前にお龍の顔があった。血と泥で見る影もない。自分の頬に触れてみる。おなじように血と泥がべっとりついていた。

いわはそろそろと身を起こした。体の節々が痛む。左の肘がしびれ、肩先にも右の太股にも激痛があった。頭が重く、吐き気がして、口のなかに血の匂いが充満している。

砂と血の混じった唾を吐き出したとき、お龍が目を開けた。顔をしかめ、うっと呻く。

いわはお龍に手をそえ、上半身を引き上げてやった。

二人は、放心したように顔を見合わせた。

次の瞬間、いわは自分でも予想外のことをした。ふっと笑みをこぼしたのである。その拍子に頰が引きつり、顔をゆがめる。するとこれも予想外のことに、お龍が声をたてて笑った。笑おうとして笑ったわけではないらしい。意外そうな顔をしている。

気がつくと憎悪は消えていた。体のそこかしこが痛むのに、心は晴々として、羽が生えて飛んでいきそうな気分である。

お龍も同様らしい。憑き物が落ちたような顔で、いわを眺めている。

「龍どの……」

「いわ……さま」

「おや、腕から血が」

「いわさまも血だらけ」

「それよりまあ、ひどいお顔」

「いわさまこそ、お岩《いわ》さんのようやわ」

二人は同時に吹き出した。際限なく笑いがこみ上げてくる。

「体を洗うて、薬を塗りましょう」

ひとしきり笑った後、いわは言った。

「それより、お腹が空《す》いたわ」

「そういえばわたくしも。なんぞ美味《おい》しいものをつくりましょう」

「そんなら手伝います。うち、旅籠の台所にいたことがありますのや。これでも、上手や言うてほめられました」

二人は洗い場で手足を洗い、貪るように水を飲んだ。しぼった雑巾で体を拭き、傷の手当てをして、新しい小袖に着替える。炊事場に入って昼餉をつくった。

たった今、殺し合いをしていた者同士が茶の間で向き合い、箸《はし》を取り上げるのは、妙な気分だった。

「こうして向き合うて見ると、いわさまは、お登勢《とせ》はんによう似ておられます」

箸を運びながら、お龍は人なつこい笑顔で言った。

「お登勢はん?」

「へえ。寺田屋のお登勢はんどす。うち、えろう可愛がってもらいました」

若い頃のお龍、落ちぶれる前のお龍は、天真爛漫で愛嬌のある娘だったにちがいない。夫を責める気はさらさらなかったが、そのお龍をこうまで変貌させた不運を思い、いわの胸は痛んだ。

「これも、お食べなさい」

自分の魚の煮つけを、皿ごとお龍の前へ押しやる。

しばらくここにいてはどうかと勧めたが、お龍は首を横に振った。

「今井はんに逢うたら、せっかく鎮まった虫がまた暴れ出すかもしれまへん」

夫は東京へ出かけたとごまかしている。いわにしても、今さら嘘だったと打ち明けるのは不安だった。そのことで、また事態がこじれる心配もある。

別れがたい思いはあるものの、それが一番よいといわもうなずいた。

いわとお龍は、街道ですれちがった旅人だ。長い歳月抱いてきた怨念も、たったいま芽生えはじめた好意も、憎悪や殺意でさえも、所詮は移ろいゆくもの、通りすぎてゆくものだった。だからこそ、人は戦をくり返し、敵になったり味方になったりしながら、過去を切り捨てて平然と生きてゆけるのではないか。

いわは胸の内で両手を合わせ、お龍の幸せを祈った。

橋の欄干を、夕陽が紅く染めている。

数年前まで我が物顔に振る舞って旅人を一喜一憂させていた大井川は、今や蓬萊橋に頭を抑えられ、柔和な顔を見せていた。

橋は凪《な》いだ川面の上に、ゆるやかな弧を描いている。対岸のたもとは見えない。

橋の手前で、いわはお龍を見送った。後ろ姿が次第に小さくなり、すっかり見えなくなると鼻の奥がじんと熱くなり、涙がこぼれた。

「お内儀さま」

背後で声がした。あわてて涙をぬぐう。

八助が人のよい笑顔を浮かべて立っていた。

「なにごとものうて、ようございました」橋のかなたを透《す》かすように見て顎《あご》をしゃくる。

「今のは、昨日の妙ちきりんな女にございましょう」

「横須賀《よこすか》に知人がおられるとか、そちらへ参られるそうにございます」

島田、府中、江尻《えじり》、富士《ふじ》、箱根を越えて横須賀……大名行列が行き交い、武士、商人、旅芸人から凶状持ちまで様々な人々が往来した東海道の宿場町を、お龍も今、辿《たど》って行こうとしている。宿はだが、すでに町や村に変わっていた。

維新に関わる一連の出来事も、日に日に遠のいている。

お龍は橋を渡った。再び上方へ戻る日はもはやあるまい。

「八助さんはどちらにおいでになるのですか」

「府中、いや、静岡まで、旦那さまをお迎えに参ります」

「中條さまも皆様のお世話でご心労にございますね。よろしゅうお伝えくださいまし」

「心労と言えば、今井さまでございますよ。村に根を下ろすため、なんぞ地元に役立つ仕組みをつくろうと策を練《ね》っておられるそうで」

「さようですか。わたくしはなにも聞いておりませんが」

「目処《めど》がつくまでは、黙っておられるおつもりなのでしょう」

それではここで、と、八助はぺこりと辞儀をした。踵《きびす》を返そうとして、いわのぎこちない歩みに目を止める。

「お怪我でもされたんで？」

「いえ……」いわは笑みを浮かべた。「ご維新の置き土産《みやげ》です」

きょとんとしている八助に会釈《えしゃく》をして歩き出す。

夫は生まれ変わろうとしている。お龍どのも、このわたしも……。

橋を渡った者も、橋の手前で引き返した者も、そこからまた新たな道へ足を踏み入れるのだ。

家路を辿りながら、いわは胸のなかで、白く果てない道を思い描いていた。

解説――一途な情念、深い情愛が胸に迫る破格の好短篇集

結城信孝《ゆうきのぶたか》（文芸評論家）

諸田玲子には一九九六年に作家デビューとなった作品集『**眩惑**《げんわく》』（ラインブックス）から、昨二〇〇三年刊行の長篇小説『**仇花**《あだばな》』（光文社）まで二十三冊（解説文中に全著作を太字で示してある）の著書がある。

このうち長篇、および連作集を除いた短篇集は以下の四冊。七年間におよぶ執筆活動は、長篇主体に終始している。

① 『眩惑』（前掲）
② 『**眩惑**』（〇〇年／徳間文庫）
③ 『**蓬萊橋にて**』（〇〇年／祥伝社）※本文庫
④ 『**坐漁**《ざぎょ》**の人**』（〇三年／ラインブックス）

①と②は同じ書名だが、収録作品は少しだけ異なっている。①は単行本用に書き下ろした中篇と短篇が一作ずつ入っているが、「眩惑」というタイトル名の作品はない。②のほうは①所収の中短篇をそれぞれ改題して収めたほかに、雑誌に発表した短篇小説「眩惑」

を加え三作品が収録されている。つまり②は①の文庫化、プラス一短篇という構成の中短篇集で、デビュー当時の諸田玲子を知るには格好の一冊といえる。

③は後述するとして、④の収録作もバラエティに富む。こちらは清水次郎長でおなじみの清水を舞台にした作品コレクションで、全五篇を収録。すでに他の短篇集に入っている二作品（そのひとつ「反逆児」は本文庫所収）に、雑誌掲載された二篇（うち一作品は年度別時代小説アンソロジー所収）、さらに表題作「坐漁の人」を書き下ろした。

総体的に短篇小説の絶対量が少ないが、これに関連して著者は先輩作家である田辺聖子《たなべせいこ》との対談「小説は腕力、エッセイは胆力」（『小説現代』講談社〇四年二月号）のなかで、興味ぶかい発言をしている。

田辺　（前略）私は昔からよく短編を書かされてきました。で、なにから短編のヒントを得るかというとね、私は「瞬景」という言葉を使うけれど、一瞬の景色、視覚型なんです。目に見えるものがヒントになる。（後略）

諸田　私は長編小説が好きで、長編ばかり書いてきました。どーんと入り込んで打ち込んで書ける。でも小説誌の編集者から短編もきちんと書かなくては駄目だと言われまして。

田辺　向き不向きはありますけれどね。でもね、短編を書き慣れてみると、短編でしか

表せない世界がわかるんです。（後略）

諸田　書いていておもしろいなぁとこの頃、思います。難しいけれど。

『蓬萊橋にて』は月刊小説誌『小説ＮＯＮ』（祥伝社）九八年十二月号（「白粉《おしろい》彫り」）から、〇〇年九月号（「深情け」）まで二か月おきに発表した短篇が八作品収めてある。質的にも、また量的な面においても前述した四冊のなかで傑出した作品集と言い切っていいと思う。それぞれ独立したストーリーの作品ではあるが、枚数に制限のある短篇のため、ここでは詳細な解説を避けたい。読者の興趣をそこなわない程度に、収録八篇のアウトラインをなぞってみると……。

四十五歳の大年増になったおゆきの前に、三十年の空白を経て突如現われた男の意外な正体が鮮烈に浮かび上がる冒頭の「反逆児」。婚礼を目前に控えた豪農の娘おそよが、盗賊の若き頭領に抱かれ身体の火照《ほて》りを体感するなまなましい「深情け」。飯盛女郎お栄に心惹《ひ》かれながら、一度も契りを結ぶことのなかった駕籠《かご》担ぎ常吉の純情譚「雲助の恋」。旅役者に惚れ抜いた本陣のひとり娘おのぶをめぐるシニカルな恋物語「旅役者」。瞽女《ごぜ》を装い旅人の懐を狙うお菊の二面性を描く「瞽女の顔」。兇状持ちゆえ、旅先の厄介事を回避するため男に扮《ふん》したお峯の気っぷの良さが際立つ「はぐれ者指南」。小町娘と評判のおよしの面影を背中一面に刻みつけた博徒清兵衛の心意気「白粉彫り」。維新前夜に暗殺された坂本龍馬の妻お龍が抱き続ける壮絶な怨念に慄然《りつぜん》とさせられた「蓬萊橋にて」（雑誌発表時の「刺客」を改題）。

これらの作品は、著者が小説誌の編集者から「短編もきちんと書かなくては駄目だ」というアドバイスを受けた時期に執筆されたものだが、それぞれ精緻な作品に仕上がっており、田辺聖子が語ったところの「瞬景」がくっきりと現出されている。

諸田玲子は女性造型、とりわけ武家の娘を書かせれば比類がないといわれ続けているものの、この作品集を読み通してみると、それだけでは言い尽せないくらい筆に力と艶《つや》がある。「反逆児」のおゆき、「旅役者」のおのぶ、「蓬萊橋にて」のお龍が持つ一途な情念の、なんと鮮かなことか。女性特有の思い込み、意志の強靭《きょうじん》さがみごとに描破される。

また、己の気持ちとは裏腹に性の悦びから抜け出せないでいる「深情け」のおそよ、瞽女に身をやつしながら暗澹《あんたん》たる日々をすごす「瞽女の顔」のお菊は、魅力的な悪女として異彩を放つ。丁半博打《ちょうはんばくち》の妙味を織り込んだ「はぐれ者指南」におけるお峯の男まさりの俠気も、快《こころよ》い読後感をもたらしてくれよう。

果たして読者はどの女性に心を動かされるのか。予測することは難しいが、その一方で男性主人公も遜色がない。粗野なイメージの強い駕籠担ぎのなかにあって、女に不器用な「雲助の恋」にみる常吉の純な心根。小野小町の刺青《いれずみ》を彫り込んだ清兵衛の深い情愛が胸をしめつける「白粉彫り」。女性読者は常吉や清兵衛に一票を投じるかもしれない。

著者のプロフィルは文庫カバーにある略歴を参照してほしいが、ベテランが大多数をしめている時代小説界にあって諸田玲子は年齢、キャリアともに新鋭作家に分類される。他のジャンルなら二十冊以上の著作があれば中堅かベテランにさしかかっているところだが、時代小説分野は例外的に年齢層が高い。

それだけに練達《れんたつ》の先輩作家に伍するだけの特質、個性が求められるわけだが、諸田玲子の美点は凜凜《りんりん》たる女性像とともに、洗練された文章力にある。流麗にして簡潔、リズミカルな文体は、時代小説に不案内な読者に異和感を抱かせない。

時代小説は長い歴史と伝統を誇る大衆文学の雄ではあるが、二十一世紀へと時代が進行するにつれて、若い読者は旧来型の記述に親しみにくくなっている。新しい語り口、新鮮なアプローチによって新たな時代小説読者を開拓し続けていければ、このジャンルは不滅なものとなる。

さしずめ諸田玲子はその最前線に立っているわけで、かねてから彼女のフレッシュな文体は海外小説の影響が濃厚と思っていたところ、はからずもそれを立証するようなコメントを発見することができた。

『IN★POCKET』（講談社）〇四年一月号。その巻頭を飾った林真理子《はやしまりこ》と諸田玲子の新春対談「『ミスキャスト』から清水次郎長まで」のなかで、林真理子は「諸田さんの筆致にはりりしさがありますね」といったあと、次のように指摘する。

「それに諸田さんの『誰そ彼れ心中』を初めて読んだとき、いままでの時代小説とは違った文体で、翻訳小説を読んでいるようなふしぎな趣きがあって、新しい時代小説の書き手が出現したんだなって思った」

これに対して諸田玲子は「私、海外のミステリーなんかもけっこう好きで読んでいましたから、そういうのが影響しているのかもしれない」と応えていた。

海外ミステリーの愛読者を自認するだけあって、時代ミステリーと銘打たれた長篇小説が何作かある。以下に、ミステリーの要素が色濃い作品をふくめて短篇集以外の全著作を分類紹介して、拙稿の結びとしたい。

〔長篇小説〕
時代ミステリー＝和歌をモチーフにしたサイコサスペンス『**まやかし草紙**』（九八年／新潮社）。夫の挙動を不審に思う若き妻の狂気の恋『**誰そ彼《が》れ心中**』（九九年／新潮文庫）。四十七歳の旗本と十七歳の娘の命がけの恋情を抉《えぐ》った『**幽恋舟**』（〇〇年／新潮社）。夫の知人に凌辱されたため、その男を殺害して沼に沈めた妻が悪夢に怯《おび》える『**氷葬**』（〇〇年／文春文庫）。
次郎長テーマ＝清水次郎長の家系にあたる著者にとって、次郎長一家の物語は末長く書き続けていくのではないか。女房お蝶を描破した『**からくり乱れ蝶**』（九七年／徳間書店）は、記念すべき初の長篇作品。小政の生涯に踏み込んだ『**空っ風**』（九八年／講談社文庫）。親分次郎長と一の子分大政の晩年を綴った『**笠雲**』（〇一年／講談社）。

歴史小説＝綱吉の子を孕《はら》みながら柳沢吉保に恋焦がれる女性が陥った恋地獄『**灼恋**』（九九年／徳間書店）。家康の正妻築山殿の素顔を暴く『**月を吐く**』（〇一年／集英社文庫）。目下のところ最新長篇にあたる『**仇花**』（前掲）は、家康最後の側室お六の果てしない欲望を描出した。

ｅｔｃ．＝八百八町を騒然とさせた悪党一味の大江戸クライム・ノヴェル『**鬼あざみ**』（〇〇年／講談社文庫）。平賀源内の奇人ぶりを多面的に映し出す『**源内狂恋**』（〇二年／新潮社）。赤穂浪士討ち入りの翌日、狂おしく咲き乱れる恋模様を照射した『**犬吉**』（〇三年／文藝春秋）。

〔連作集〕

幕府隠密御鳥見役一家を支える珠世を中心とした、出色のホームドラマ『**お鳥見女房**』（〇一年／新潮社）。このシリーズは長期化されそうで、第二弾『**蛍の行方　お鳥見女房**』（〇三年／新潮社）も刊行されている。牢屋敷内から難事件を解決する異色のアームチェア・ディティクティブ『**あくじゃれ瓢六**』（〇一年／文藝春秋）。平安朝を舞台に、検非違《けびい》使《し》が怪事件に挑《いど》む『**髭麻呂**』（〇二年／集英社）。運命の分岐点となった四通りの一日を描いた『其の一日』（〇二年／講談社）は、翌年に第二十四回吉川英治文学新人賞を受賞している。ワケありの女性たちに心の療治を施す女医者の特異な物語集『恋ほおずき』（〇三年／中央公論新社）。

『蓬萊橋にて』で諸田玲子の時代小説の虜《とりこ》になった読者は、これだけ多彩で選択肢が広いとどれから読みはじめるべきか、大いに迷わされることだろう。

長篇小説好きであれば、テーマ別に一作ずつ読みついでいくのもひとつの手だが、短篇ファンには完成度の高い『其の一日』か、アットホームな『お島見女房』シリーズを勧めたい。ふた色の異なる作品カラーを緻密な筆致で明確に書き分けているところに、この作家の希有にして高度な資質を見出すに相違ない。

二〇〇四年三月

（この作品『蓬萊橋にて』は平成十二年十二月、
小社ノン・ノベルから四六判で刊行されたものです）

・初出誌　月刊『小説ＮＯＮ』（小社刊）
反逆児　二〇〇〇年三月号
深情け　二〇〇〇年九月号
雲助の恋　一九九九年九月号
旅役者　一九九九年六月号
瞽女の顔　一九九九年三月号
はぐれ者指南　一九九九年十二月号
白粉彫り　一九九八年十二月号
蓬萊橋にて（「刺客」改題）　二〇〇〇年六月号

蓬莱橋にて

一〇〇字書評

切り取り線

購買動機（新聞、雑誌名を記入するか、あるいは○をつけてください）

□（　　　　　　　　　　　）の広告を見て
□（　　　　　　　　　　　）の書評を見て
□ 知人のすすめで　　□ タイトルに惹かれて
□ カバーがよかったから　　□ 内容が面白そうだから
□ 好きな作家だから　　□ 好きな分野の本だから

●最近、最も感銘を受けた作品名をお書きください

●あなたのお好きな作家名をお書きください

●その他、ご要望がありましたらお書きください

住所	〒				
氏名		職業		年齢	
Eメール	※携帯には配信できません	新刊情報等のメール配信を 希望する・しない			

あなたにお願い

この本をお読みになって、どんな感想をお持ちでしょうか。

この「一〇〇字書評」とアンケートを私までいただけたらありがたく存じます。今後の企画の参考にさせていただきます。

あなたの「一〇〇字書評」は新聞・雑誌などを通じて紹介させていただくことがあります。そして、その場合はお礼として、特製図書カードを差しあげます。

前ページの原稿用紙に書評をお書きのうえ、このページを切り取り、左記へお送りください。電子メールでもお受けいたします。なお、メールの場合は書名を明記してください。

〒一〇一－八七〇一
東京都千代田区神田神保町三－六－五
九段尚学ビル　祥伝社
祥伝社文庫編集長　加藤　淳
☎〇三（三二六五）二〇八〇
bunko@shodensha.co.jp

祥伝社文庫

上質のエンターテインメントを！　珠玉のエスプリを！

祥伝社文庫は創刊15周年を迎える2000年を機に、ここに新たな宣言をいたします。いつの世にも変わらない価値観、つまり「豊かな心」「深い知恵」「大きな楽しみ」に満ちた作品を厳選し、次代を拓く書下ろし作品を大胆に起用し、読者の皆様の心に響く文庫を目指します。どうぞご意見、ご希望を編集部までお寄せくださるよう、お願いいたします。

2000年1月1日　　　祥伝社文庫編集部

蓬莱橋《ほうらいばし》にて　時代小説

平成16年4月20日　初版第1刷発行

著者　諸《もろ》田《た》玲《れい》子《こ》

発行者　渡辺起知夫

発行所　祥《しょう》伝《でん》社《しゃ》
東京都千代田区神田神保町3-6-5
九段尚学ビル　〒101-8701
☎ 03(3265)2081(販売部)
☎ 03(3265)2080(編集部)
☎ 03(3265)3622(業務部)

印刷所　図書印刷

製本所　図書印刷

ISBN4-396-33161-4　C0193
祥伝社のホームページ・http://www.shodensha.co.jp/

祥伝社文庫

半村 良　鈴河岸《すずがし》物語

鈴づくり職人・剣次郎《けんじろう》の自慢はどんな刀よりも硬い長十手。ある日、町方与力から辻斬りの刀を折れとの密命が!

半村 良　かかし長屋 浅草人情物語

大盗賊が、すがすがしい長屋の人々に囲まれて、扇職人として更生したが、昔の仲間が現われて…。

竹田真砂子　志士の女

国事に奔走する夫と過ごした時間は、一年にも満たなかった。晋作と、残された女たちのその後。

峰 隆一郎ほか　落日の兇刃《きようじん》

岡田以蔵《おかだいぞう》、柳生一族、塚原卜伝《つかはらぼくでん》…剣の魔性に取り憑《つ》かれた剣鬼の凄絶な生き様を描く、傑作時代アンソロジー。

半村 良ほか　捨て子稲荷

捨て子が首から下げているお守りに、盗まれた七千両の隠し場所が記されていた(表題作)。人情と剣の醍醐味!

山田風太郎ほか　細谷 正充編　逆転

失意の底から這い上がろうとする人間が「人生の逆転」に懸けるさまを描く、傑作時代小説集。

祥伝社文庫

佐伯泰英

密命 見参！寒月霞《かすみ》斬り

豊後相良《さがら》藩主の密命で、直心影流の達人金杉惣三郎《かなすぎそうざぶろう》は江戸へ。市井《しせい》を闊達《かったつ》に描く新剣豪小説登場！

佐伯泰英

密命 弦月三十二人斬り

豊後相良藩を襲った正室の乳母殺害事件。吉宗の将軍宣下を控えての一大事に、怒りの直心影流が吼《ほ》える！

佐伯泰英

密命 残月無想斬り

武田信玄の亡霊か？　齢《よわい》百五十六歳の妖術剣士石動奇嶽《いするぎきがく》が将軍家を襲った。惣三郎の驚天動地の奇策とは！

佐伯泰英

刺客《しかく》 密命・斬月剣

大岡越前の密命を帯びた惣三郎は京へ現われる。将軍吉宗を呪う葵切り七剣士が襲いかかってきて…

佐伯泰英

火頭《かとう》 密命・紅蓮《ぐれん》剣

江戸の町を騒がす連続火付、焼け跡には〝火頭の歌右衛門〟の名が。大岡越前守に代わって金杉惣三郎立つ！

佐伯泰英

兇刃《きょうじん》 密命・一期一殺

旧藩主から救いを求める使者が。立ち上がった金杉惣三郎に襲いかかる影、謎の〝一期一殺剣〟とは？

祥伝社文庫

佐伯泰英 **秘剣雪割り** 悪松《わるまつ》・棄郷編

新シリーズ発進！ 父を殺された天涯孤独な若者が、決死の修行で会得した必殺の剣法とは!?

佐伯泰英 **初陣《ういじん》** 密命・霜《そう》夜《や》炎《ほむら》返し

将軍吉宗が「享保剣術大試合」開催を命じた。諸国から集まる剣術家の中に、金杉惣三郎父子を狙う刺客が！

佐伯泰英 **秘剣瀑流《ばくりゅう》返し** 悪松・対決「鎌鼬《かまいたち》」

一松を騙る非道の敵が現われた。さらには大藩薩摩も刺客を放った。追われる一松は新たな秘剣で敵に挑む

佐伯泰英 **悲恋** 密命・尾張柳生剣

「享保剣術大試合」が新たなる遺恨を生んだ。娘の純情を踏みにじる悪辣な罠に、惣三郎の怒りの剣が爆裂。

佐伯泰英 **秘剣乱舞** 悪松・百人斬り

屈強な薩摩藩士百名。対するは大安寺一松ひとり。愛する者を救うため、愛甲派示現流の剣が吼える！

佐伯泰英 **極意** 密命・御庭番斬殺

消えた御庭番を追う惣三郎に信抜流居合が迫り、武者修行中の清之助にも刺客が殺到。危うし、金杉父子！